第一章　痴《ち》

数多《あまた》の煩悩の中で最も人を苦しめるという三つの煩悩（三毒）のうちの一つ。歪んだ物の見方のこと。

昨日の好天気から一転、薄曇りの空だ。

苔むした長細い階段を、素足に慣れない草鞋《わらじ》を履き、一段一段、へろへろと上がっていく。その度に、俗世間と縁が切れていくようで、それほど執着しているつもりもなかったのに、ぼんやりとした不安が足下から這い上がってきた。

頭には網代笠《あじろがさ》、まだごわつく鼠色の衣。素足は、目の粗い草鞋が当たって軽く擦れてしまっている。

因《ちな》みに剃髪もした。長髪のまま入山すると、理容師でもないただの坊主に頭を押さえつけられて拷問のように剃られると婆に脅されたのだ。

少し湿り気のある海風が吹き、長い階段を上るうちに、こめかみから汗の玉が滑った。ようやく上りきり、未練がましく娑婆《しゃば》を振り返ってみると、両脇を竹藪に覆われた階段の遥か先に、鈍色《にびいろ》の相模湾が広がっている。

しっかりしろ。いくら修行寺だからって、幽閉されるわけじゃない。

一度、潮の香りを鼻孔から深く吸い込むと、通達書に書いてあった通り、山門の手前で左へと曲がり、三光寺の敷地外にある地蔵堂なる建物の戸口に立った。この地蔵堂で明日以降の作法を徹底的に仕込まれたあと、いよいよ山門をくぐり、修行の場へと深く分け入っていくのだという。

「たのみましょう」

おそるおそる記してあった通りの声を掛けてみるが、中からの返答はない。聞こえなかったのだろうか。もう一度声を掛けるかどうか迷っていると、背後に人の気配を感じた。

「あの、もっと大きな声で叫ぶんだと思うよ」

振り返ると、今到着したばかりなのか、若い坊さんが息も荒いまま佇《たたず》んでいる。大学を出たて、といったところだろうか。生来の童顔に、学生生活の延長のような甘えの混じった暢《のん》気《き》さを色濃く漂わせていた。

「そうなのか？」

「うん、僕、不安だったから、ここで修行経験のある先輩に色々と聞いてきたんだ。良かったらいっしょに叫んでみる？　あ、僕、滝川源光《たきがわげんこう》。よろしく」

ため口でニカッと笑う若造の手は握らずに、挨拶だけ返した。

「俺は高岡皆道《たかおかかいどう》だ。よろしく」

大声を出すのはかったるいが、いい加減、どこかに腰を落ち着けたい。素直に諦めて、隣に並んだ源光とともに声を張り上げた。

「たのみましょう！」

間もなくすっと引き戸が開き、これでもかというほど仏頂面の僧侶が現れた。

「帰れ」

「は？」にべもない言葉にとっさに反応すると、僧侶のまなじりがさらに吊り上がる。

「は、とは何事だあああ！」

突然、鼓膜が裂けそうなほどの大声で怒鳴られて呆然としていると、さらに僧侶が叫ぶ。

「貴様らのように腹から声を出せないやつなど修行にも耐えられん！　失《う》せろ！」

ぴしゃり、と戸が閉められると、辺りの竹林に再び静寂が満ちた。

「おいおい、昭和かよ」

親父の若かった頃、世の中にはびこっていたという効率性度外視の努力と根性、不条理がまかり通る上下関係絶対の世界。よもやそんな前時代的な環境が、山門の先に待ち受けているのではないか。

今すぐ回れ右をして帰りたくても、行く当てもない。隣に突っ立っている源光と二人、顔を見合わせたが、お互いに言葉は出てこなかった。

戸口の内側は相変わらず沈黙している。

こめかみを、運動とは別の理由で汗の玉が滑っていった。

「話を聞いたっていう先輩は、この先どうしろって言ってたんだ？」

皮肉混じりに尋ねると、源光が震える声で答える。

「ええと、もう一度、呼び直せって」

「――それしか選択肢なんてなさそうだしな」

せえの、と小さく源光が呟いたのを合図に、二人して大きく息を吸って声を出す。

「たのみましょおおおううう！」

自分の声で鼓膜が破れそうになるほどの大音量だった。ちらりと見た源光の横顔がほんのりと赤く染まっている。

一秒、二秒、三秒。やはり内側からの返礼はない。いっそ戸を蹴破りたくなる衝動がこみ上げてきたその時、ようやく再び引き戸が開け放たれた。

「うるさい！　入れ！」

「ありがとうございます！」

もう一度腹から声を出して中へと入ろうとした源光に、僧侶が活を入れる。

「声が小さいと言ってるだろうが！」

「す、すみません」

「うるさいのか、声が小さいのか、どっちだよ」

たまらずこっそりと呟く。

「謝罪の暇があったら、やり直し！」

「あ、ありがとうございます！」

背後から見ると気の毒なほど全身を震わせて、源光がようやく前進していく。俺もつづこうとすると、僧侶が手で制した。

「入っていいのは、こいつだけだ。おまえは帰れ」

源光が振り返り、申し訳なさそうな、励ますような、つづいてはっきりと不安げな表情を忙しく浮かべ、地蔵堂の奥へと吸い込まれていった。

ぴしゃり。俺の鼻先で、再び引き戸が閉まる。

「ばからしい、帰るわ」

そう声に出してはみたものの、改めて行く当てなどないことを頭の中で再確認しただけになった。誰かの家に転がり込んでしまおうか。だが、二十代も後半になると、友人達は、独身でも忙しく社会人をしているか、結婚して家庭を支えているか、寺を継いでいるかのいずれかで、とても昼間から頼ることはできない。

仲間内で俺が一番だらしのない今を生きている、という不快な事実にぶち当たって、溜息が出た。

婆の住む実家の離れにしばらく匿《かくま》ってもらいながら、それとなく親父に取りなして貰おうかとも思ったが、今度ばかりは親父も腹に据えかねての処置だというから、そっちの方向も果てしなく望み薄だ。

「下手をしたら、住職の座を他の人に譲りかねないほど怒ってらっしゃるんですよ。もう、婆は心配で、心配で」

聞き慣れた声が耳の奥で甦り、この戸をくぐるしかないのだと改めて思い知らされる。

もはや、やけくそになって、深く息を吸ったあと再び叫んだ。

「たあのおみいまあしょおおおうううう！　たあのおみいまあしょおおおうううう！　たあのおみいまあしょおおおうううう！」

俺をこんな目に遭わせやがって。誰かは知らないが、わけのわからん修行寺など作りやがって。仏陀に到っては、悟りなどと、ありもしない境地を世界中に吹聴しやがって。よくも、よくも、よくも、俺のGIレース皆勤賞を阻みやがって！

「たあのおみいまあしょおおおうううう！」

最後に一際大声で叫んだ直後だった。がらり、と乱暴に引き戸が開くと、先ほどよりいっそう不機嫌そうな顔つきの僧侶が、「うるさい！　入れ」と促した。

「ありがとうございます！」

腹から声を出したつもりだったが、すでに声が嗄れ始めていて、思ったほど大声にはならない。源光のようにどやされるかと身構えたが、僧侶は入り口までの小さな庭の飛び石を黙って歩き、お堂の中へと入っていく。後からついていくと「草鞋を脱いで上がれ」と無愛想に発しただけで、さっさと廊下に歩を進めてしまった。

草鞋から足が解放されると、じんじんと痛んだ。歩き通しの立ち通しで年寄りのように関節が軋《きし》み、つま先から腿の付け根まで硬い一本の棒のように感じられる。

「遅い、もっと早足で！」

前を行く僧侶に、殺意に似た感情が押し寄せても罰は当たらないだろう。

小さなお堂の畳敷きの床に座らされた瞬間、鈍い痛みに顔を顰《しか》めた。

「この台帳に記名するように」

用意されていた筆を墨汁に浸し氏名を記入すると、先に入った源光の名前が目に飛び込んできた。今日の日付の欄に、俺と源光以外にも、二名の入山者の名前が書き連ねてある。

僧侶が、記帳場の奥の襖を開けると、源光を含めた三名の新到《しんとう》、つまり新入りたちが既にこちらに背を向け、壁に向かって座していた。

源光はついさっき入ったばかりだが、痩せた男と大男の二人は一体どれくらいの間ああしているのだろう。考えただけでも気が重くなってくる。

「何をぐずぐずしている。すぐに座禅しないか」

背中を小突かれ、源光のすぐ隣に座らされた。

あまり得意ではない結跏趺坐《けっかふざ》の姿勢を取ると、源光が視線だけをこちらによこし、微かに頷く。

それからどれくらい時間が経っただろう。先ほど案内に出た僧侶はいつの間にか姿を消し、後に残されたのは俺たち新到四人だけだ。

「おい、いつまでこうやってるんだ？」

こそっと源光に尋ねてみたが、源光の頭一つ向こうの新到から咎《とが》めるような声が飛んできた。

「誰かが迎えにくるまでだよ。それまで私語は厳禁だ」

当の源光は、蒼白な顔で俯《うつむ》いている。無理もない。俺だって慣れない結跏趺坐でゲロでも吐きそうだ。

結跏趺坐。仏陀が悟りを開いた際の座り方とされ、座禅もこの姿勢で行うのが良いと言われている。あぐらをかいて両足を腿の上に上げ、その際、足の裏は天井に向けるのだが、慣れていないと一分もしないうちに痛みが襲ってくる。

今は一応、座禅をしているという体らしいのだが、とんでもない。ただ、結跏趺坐して痛みをこらえ、時間が経つのを待っているだけ。

といっても時計もないから、どれほど時間が経ったのか推し量ることもできない。辛うじて窓障子から透ける外の明かりで、まだ夕方にもなっていないのが知れるくらいだ。

非常に冗長に、時が刻まれる。時々、皆の呻き声が漏れ聞こえてきた。いや、俺が一番呻いたかもしれない。もはや足の痛みにすべての意識を持っていかれ、脳は疲れ切って睡眠を欲し、しまいには馬鹿らしくなって——結跏趺坐を解いた。こわばり、固まってしまった両足を、ゆっくりと両手でほぐしていく。すでに感覚はなく、床に当たっている感触もわからない。

「ちょっと、やばいって」

源光が気がついておろおろと声を掛けてきたが、再び頭一つ向こうのやつが止めた。

「どの道こういう人は続かないさ。放っておいたほうがいい。君も巻き添えになるぞ」

——はいはい、どこにでもいる優等生な。

足を伸ばしてもじんじんとした痛みは引かない。

やっぱり、俺に修行生活なんて無理なんじゃないだろうか。最初からこの調子だし、他の奴とも助け合いは期待できなそうだ。

だらんとした姿勢のままやり過ごしても何も起こらないのをいいことに、畳に仰向けになる。すると源光も「僕も、もうダメだ！」と小さく悲鳴を上げて、ごろんと背中から転がった。

「足、感覚ないよ」

「俺はやっと戻ってきたとこ」

源光と寝転んだまま顔を見合わせて、ただ溜息をつく。

「けっこう、監視は緩いみたいだね」

「だな」

それにしても静かだ。大男のほうは相変わらず結跏趺坐に耐えており、しじゅう呻いているが、優等生のほうは身じろぎ一つせず背筋を伸ばして座禅を組み続けている。

「僕、眠くなってきちゃった」

鼻にかかった声で源光が呟くと、次の瞬間にはすやすやと寝息をたてていた。俺だって寝たいのは山々だが、気が昂《たか》ぶっているせいか眠れそうになかった。

ふたたび、亀の歩みで時が刻まれていく。

いつの間にうとうとしていたのか、誰かの近づいてくる微かな足音で覚醒し、慌てて身を起こすと結跏趺坐した。俺につづいて目が覚めたらしい源光も、よたよたと後につづく。

二人して姿勢を正し終わった直後、襖が開いた。

「お待たせしました。脚を静かに解いて、こちらへ向き直ってください」

ずっと座禅を組んでいた二人は、呻きながら、のろのろと両脚をほどいている。俺も、いかにも今まで耐えた風情で声の主へと振り向いた。とっさに、息を呑む。

「楽な姿勢でけっこうです。そのまま、話を聞いてください」

先ほど俺たちを待ち構えていた僧侶とは、あらゆる角度から全くの別人だった。

「私は高仙《こうせん》と申します。最初に皆さんを迎えた禅一《ぜんいち》とともに、明日からの入山に際し、間違いのないよう生活全般の作法を教えさせていただきます。これから薬石《やくせき》、つまり夕食となりますので、指示に従ってください」

同じ男として、不公平さを呪わずにはいられない整った顔立ちだった。俺より少し年上、三十手前くらいだろうか。

すっと通った鼻筋に薄く引き締まった唇、涼やかな瞳は澄み輝いている。作務衣《さむえ》に身を包んだ立ち姿は、男の俺から見てもたいそう艶っぽい。というか、このむさ苦しい修行僧の集団の中で、若干、浮いている。

高仙さんに従って皆でお膳を並べ、一汁一菜の簡素な薬石を準備した。いつの間に戻ってきたのか、先ほどの僧侶、禅一さんも鋭い目つきで皆の様子を見張っている。

ようやく飯にありつけるというのに、もはやその喜びも湧き上がってはこなかった。並んだのは、糊にもならなそうなさらさらの粥《かゆ》に、麩《ふ》の味噌汁、それにカボチャの煮付けのみ。お膳を見て溜息をつきかけたが、一寸先に溜息をついた奴が、胸ぐらを摑まれた。

隣に座していた源光だ。

「貴様、なんで今、不満そうにした。そんなに食いたくないなら、食わなくていいんだぞ」

禅一さんのドスの利いた声に、源光は完全に萎縮してしまっている。

「す、すいません。そんなつもりじゃ」

「とっとと食え、時間がないぞ」

禅一さんが摑んでいた胸ぐらを突き飛ばすようにして放すと、源光がみっともなく尻餅をついた。

「もうそれくらいにしてください」

高仙さんが形の整った眉をひそめた。

隣では源光が起き上がり、両腿の上に載せた拳をぶるぶると震わせている。屈辱なのか、恐れなのか、おそらくその両方だろう。

「では皆さん、五観の偈《げ》を唱えていただきましょう」

いくつもの薬石に関する注意を与えたあと、高仙さんが音木《おんぎ》を打ち鳴らし、皆で唱え始めたが、浄土真宗の食前の言葉とは違うため全くわからない。仕方がなく口をもごもごとさせて誤魔化した。

すかさず禅一さんが近づいてきて、今度は俺の胸ぐらを摑む。

「予習してこなかったとはいい度胸だな。明日も唱えられなかったら覚えておけよ」

こいつ、何なんだよ。

とっさに睨み返すと、ぎりっと音がしそうなほど襟元を絞られ、たまらず咳き込んだ。それでも力を緩めない相手の肩を、右手で押し返す。

「あんた、さっきから頭がおかしいんじゃないのか！」

音木が鳴り止み、和唱の声がぷっつりと途切れた。室内は異様な静けさに包まれ、俺の反撃にはぴくりともしないまま、禅一さんがこちらをひたと見据える。

「なるほど、貴様、涅槃金は持ってきたんだろうな」

例の、俺が死んだ時の葬儀代である。

「──脅しですか」

「ただの質問だ」

両目が、獲物を見据える獣のように嫌な光り方をしている。

「もうその位でいいでしょう、禅一。君、皆道でしたっけ。ここでは先輩に対する礼儀は最も重要視されることの一つです。心してください。では、つづけます」

ようやく読経が終わると、慌ただしく薬石の時間が流れていった。

食欲は湧かなかったが口の中へと無理に放り込み、機械的に飲み下す。空になった器にほうじ茶を注いでもらい、残していた沢庵で器を拭ったあとそれを食し、最後に粥の風味が加わったほうじ茶を飲む。源光は俺の一件でさらに震えが大きくなったのか、うまく箸を扱えず、ひどくこぼしていた。

これは、やばいところに来たぞ。

新入りたちの無言の叫びが、狭いお堂の籠った空気にこだましていた。


悪夢より酷い一日がようやく終わろうとしている。

仮の受け入れ先である地蔵堂には、座蒲団《ざぶとん》に毛が生えただけのようなせんべい布団が並べられ、俺たちは身を縮めてその中に収まっていた。いや、例の大男――陽元《ようげん》はどう頑張ってもはみ出しているだろう。

薬石のあと荷物の点検が行われ、スマートフォンや現金・カード類、菓子類など、指定された以外の私物はすべて没収された。

必要な道具を入れ忘れていた源光と陽元は、このコンプライアンス重視の時代に、人格否定など序の口の罵詈雑言を浴びせられつづけた。

「噂以上の場所だな」

明かりが消えたあとで、陽元が溜息とともに呟く。もっとも、もともと明るい性質なのか、さきほどまで怒鳴られていたにしては悲愴感がない。

「明日からはもっと酷くなるのかなあ」

源光の声は、不安そうに掠《かす》れている。

「みんな禅寺とはゆかりがないんだね。僕はけっこう、この手の修行に慣れてるんだけど。禅寺の他の修行寺はもっと厳しいよ」

今、会話に入ってきたのはもちろん優等生だ。曹洞宗の跡取り息子で定芯《ていしん》というらしい。こいつはここ三光寺の貫首《かんしゅ》、円諦《えんてい》和尚に心酔し、自らこの環境に飛び込んできたという仏教オタクで、あの禅一さんの覚えもめでたいエリートである。

これから、俺を含めた計四名が同期として寝食を共にすることになるのだ。

「ここを出たって行く場所もないしな」

思わずぼやくと、源光も憂鬱な声で答えた。

「みんなそうだよ。帰れないやつばっかりでしょ、こんな修行寺に来るのは」

「へえ、やっぱり寺の息子が多いんだな」

「陽元、だっけ？　君は違うの」

「俺はここの噂を聞いてきた脱サラ組だけど」

答えを聞いた源光の顔は見えないが、おそらく間の抜けた表情をしているだろう。

「寺を継ぐ必要もない自由なリーマンが、なんでわざわざ修行なんてするんだ」

思わず、率直に尋ねてしまった。

「そりゃ、人生色々あるさ。ここを出たって、安息の地がないのはリーマンだって一緒だぞ」

陽元が答えたところで、すっと戸が開いたのがわかった。皆、一斉に口を噤《つぐ》み、息を潜める。

「私だったから良かったものの、禅一が私語を聞きつけたら、ただでは済まないですよ。静かに就寝してください」

高仙さんで本当に良かったです。

戸が閉まり、再び暗闇が戻ってくると、すぐに誰かの鼾《いびき》が響きはじめた。

普段は少しの物音でも眠れない性質だが、今日はうるさいと思うエネルギーさえないのか、俺も瞼が重くなってくる。抗《あらが》わずに一旦目を閉じると、自分に何が起こっているのか整理する間もないまま、深い眠りが訪れた。

＊

薄暗いお堂の中に、耳のすぐそばで打ち鳴らされているような振鈴《しんれい》の音が響いた。

隣でがばりと身を起こしたのは源光だ。

一瞬前に瞼を閉じたばかりなのに、もう朝なのか——？

まどろみの中でぼんやりと考えていると、瞼の向こうが薄らと明るくなり、引き戸が乱暴に開かれたのがわかった。慌てて目を開けると、禅一さんが出入り口で仁王立ちしている。

もしかして俺たちは、禅一さんの親でも殺したんじゃないだろうか。もちろん身に覚えはないが、そんな表情である。

「貴様ら、いつまで寝ている！　十分で身支度して、ここに並んで座れ」

皆、言われるなり素早く着替え、小走りで水飲み場へと向かった。何しろ昨日の罵声が効いていて、十分からはみ出したら何を言われるかわからないと気持ちが焦る。

就寝前もそうだったが、コップ一杯分ほどの水で、洗顔、歯磨きをちまちまと済ませ、急いでお堂へ戻ったが、まだ身体が充分に目覚めておらず、途中で足がもつれて転びそうになった。

すでに定芯と陽元は座していたが、源光がいない。

あいつ、大丈夫か？

他人事《ひとごと》ながらヤキモキしていると、陽元と目が合った。無言のうちにお互い、同じことを考えているとわかる。

やがて、ばたばたと足音がして源光が戻ってきた。

「す、すみません。トイレでちょっと遅くなって」

迎える禅一さんの目が、かっと見開かれ、やはり源光に雷が落ちた。

「トイレではなく東司《とうす》と言え！　そんなに東司が好きならもっと居させてやる。明日から一ヶ月、東司の掃除係を命じる。さっさと座れ」

源光はもはや口をきくこともできないのか、黙ったまま俺の隣に座す。昨日同様、全身がぶるぶると震えていた。

これのどこが修行なんだよ。

ムカムカときたが、余計な口を挟めばこちらにもとばっちりが来ることは昨日で学習済みだ。鼻から大きく息を吐いて堪えていると、「あのう」と挙手したやつがいる。

「俺もいっしょに東司掃除をしてよろしいでしょうか」

昨日は気がつかなかったが、陽元の喋り方には微かに関西方面のアクセントがある。わざわざ関西から鎌倉まで苦しむためにやってくるのだから、相当の変わり者らしい。その上、罰を科せられた同期の苦役まで一緒に背負い込むのか。

禅一さんの表情が、煩悩を調伏《ちょうぶく》する不動明王のそれに変わっていく。

「今年の新入りは随分と威勢がいいなあ、おい。そういえば、昨日も元気の有り余ってるやつがいたな」

不動明王の視線がゆっくりとこちらに巡り、俺を捉えたところで止まった。

「おう、いたいた。皆道とか言ったな。おまえと陽元と源光の三人で、東司掃除と水汲み、三ヶ月当番だ――いや、面倒だから定芯、おまえも一緒にやってくれないか。連帯責任ってやつだ。全員、せいぜい張り切るんだな」

まだ寝ぼけている頭でも、それがあまり歓迎できない事態であることはわかったが、もはや抵抗する気力もなかった。

昨日からの立ち通しに座り通し、慣れない薄い布団に硬い床。体の節々が痛かったし、脳はまだこの過酷な現実より夢の世界に引きこもりたがっている。

倦怠が胸に充満してはち切れそうになっていると、高仙さんが現れ、美々しく微笑んだ。

「それでは、これから山門をくぐっていただきます」

皆で立ち上がり、来た時と同じ行李を担いで、小さな地蔵堂を後にした。

門扉を出て振り返ってみると、何のことはない古びたお堂が、ほの暗い闇の中で淡い幻のように佇んでいる。

これは悪夢のつづきじゃないのか。もう一度目を覚ませば、俺は実家の羽毛布団の中にいるんじゃないのか。

これまでこのお堂は、幾つもの春、俺たちのような新入りを迎え、絶望の底へと突き落としてきたのだろう。そう思うとゆらゆらとしたその姿はどこか禍々《まがまが》しく、これから先に待ち受けている出口のない悪夢を暗示しているようでもある。

地蔵堂からまっすぐ進み、山門の前辺りまで戻ると、列の先頭を行く禅一さんがぴたりと立ち止まった。

本当に、戻らなくていいのだな。

背中でそう問いかけられているようで、足下が山の麓《ふもと》を恋しがって疼《うず》く。

五秒ほど風に吹かれて佇んだあと、禅一さんは、聳《そび》えるように立つ門の内へと迷いなく歩を進めていった。

俗世との縁を一切断ち切る巨大なギロチン。その下を、一人、また一人とくぐっていく。

門の向こう側へ一歩踏み出した瞬間、見えない命綱がぶつりと嫌な音をたてて断絶した気がした。

門内の大小のお堂からは既に明かりが漏れ、僧侶たちの朝の勤行《ごんぎょう》の気配が感じられる。朝といっても、三時と四時の間くらいだろうか。人によっては夜と呼ぶ時間帯だ。唐突に、学生時代、クラブで遊び惚けていた頃のことを思い出した。

あの頃なら、連れて帰れそうな女子を物色していた時間だな。

修行寺で考えるにはあまりにも不謹慎な思い出に浸りながら、呼び名もわからないお堂とお堂の間をくねくねと曲がり、やがて、とある建物の入り口へと辿り着いた。

「ここが、これから寝起きする無心寮だ」

ここだけ明かりがこぼれておらず、しんと静まり返っている。

入り口の引き戸を開け、履き物を脱いで上がり框《がまち》から中へ入ると、まず廊下の左手が目に飛び込んできた。視界の向こうへとつづく壁一面に沿って、幅広の踏み台のように一段高くなった畳敷きの段が伸びている。おそらく、座禅用のスペースだろう。反対側の右手には等間隔に障子戸が並んでいた。これらの戸のうちどれかが、俺達に与えられる相部屋の入り口のようだ。

禅一さんがせせら笑うような表情で告げた。

「一番手前が、おまえらの部屋だ。本堂、水場、どこへ行くにも一番遠い」

部屋は大小合わせて九つほどあり、現在は六部屋使われているのだという。高仙さんが障子戸を開け、禅一さんがとっとと入るよう急かしてきた。皆、小走りで部屋に足を踏み入れる。

中は思ったより広かったが、単に家具が極端に少ないせいかもしれない。小さな空の棚が四つに、あとはせんべい布団がちんまりとその脇に畳んである。つい一昨日まで羽毛布団にくるまって寝ていたのに、この転落ぶりはどうだ。

「荷物を置いたら、座蒲《ざふ》を持ってすぐに座禅だ。早く動け！」

禅一さんの声で、皆、飛び跳ねるようにして動き出した。どの場所が誰、という選択をする暇もなく、それぞれ目についた場所に荷物を放り、座蒲を取り出して再び廊下に整列する。

「四十分間、座禅だ。いつもは座禅堂で行うが、見習い中は廊下にて行う。そのあとは、本堂で朝の勤行に合流して読経、清掃。わかったら座蒲を敷いて始め！」

禅一さんが顎をしゃくって、段の上に座すよう指示してきた。昨日の今日でまだ脚の痛みが取れていない。うんざりとしたが、断るという選択肢はない。

仕方がなく結跏趺坐すると、最初は足首が、次に脚全体が、次第に腿の付け根が、悲鳴を上げ始めた。僅かでも身じろぎをすると、容赦なく罵声が飛ぶ。警策《けいさく》が肩から振り下ろされたやつもいるようだ。

隣に座っている源光の息づかいが、痛みとの闘いでどんどん荒く、大きくなっていくのがわかった。もっとも、俺の息づかいも源光とそう大差ない。

時が経つにつれ、昨日と同じ呻き声が皆から漏れ、無間地獄のようだった四十分間が過ぎ去った。

休む間もなく、朝の勤行のため経典を持って本堂へと移動になった。感覚を失っているせいで、定芯を除く三人はろくに歩けず、禅一さんにどやされながらも廊下にとどまっているしかない。

「まったく、こんなに根性のない新到が来たのは初めてだ」

苛立たしげに禅一さんが溜息をついたその時、高仙さんが現れた。同じ指導係でも、彼のほうが数倍ソフトだ。皆の間に、あからさまにほっとした空気が流れた。

「禅一、貫首がお呼びです」

むっとした表情で禅一さんが去ると、まさに台風一過といった感があり、源光も俺も廊下にへたり込んでしまった。高仙さんが俺たちを見回して微苦笑する。

「安心してください。皆、最初はそんなものです。あの禅一も、最初は皆さんと同じように立てなかったのですよ。あと五分ほどで本堂での勤行が始まりますから、二分したらもう一度立ち上がって移動しましょう」

これからは、仏の高仙さんと呼ぼう。認めたくはないが、男前というのは顔だけではなく性格もいいのかもしれない。考えてみれば、皆から優しくされて育つだろうから、スポイルされすぎなければ性格がねじまがるリスクが低い。

なんとか痺れが治まったところで、再び廊下を奥へと進み、突き当たりを左に折れた。さらに渡り廊下でつながっているお堂を一つやりすごし、枯山水を眺める廊下を渡りきると本堂だった。簡素だが隅々まで磨き上げられたお堂の畳に、袈裟を身につけた坊主達がずらりと並び、正座している様子が垣間見える。ざっと二十人ほどはいるだろうか。俺達は座敷には上がらせてもらえず、手前の廊下に座蒲を敷いて正座した。膝を折った瞬間、うっと声を漏らしそうになって必死にこらえる。

「みなさんは、先輩僧侶達に比べて、経典への理解はとても及ぶところではありません。せめて声の大きさだけは負けないようにしてください」

小さいがきちんと響く声で、高仙さんが俺達に告げた。

間もなく数人の僧侶が伽藍の奥へと入り、最前列に座した。貫首クラスの高僧達である。雲版《うんぱん》と呼ばれる雲をかたどった板が叩かれ、時が来たことを告げると、先導係が静かに読経をはじめた。

「観自在菩薩　行深般若波羅蜜多時」

仏教に接するのは葬式の時だけという人でも聞いたことのある般若心経《はんにゃしんぎょう》だ。だが、その意味を理解している人は殆どいないだろう。俺だって、授業で習ってもなお、わかったようなわからないような、煙に巻かれたような心地にさせられる経である。

先導の声につづき、諷経《ふぎん》と呼ばれる一斉の読経が始まった。隣では、源光が大声を張り上げている。俺もやけになって叫ぶように読んだ。宗派によっては、意味がわからなくても読経するだけで功徳がある、という腑に落ちない理屈もあるのだが、こうして叫んでみると改めて「こんなの意味ねえよな」という倦怠が湧き上がってきた。

これでも寺で生まれ育ったれっきとした跡取りである。それでも仏教は、決して心に寄り添うものではなく、単なる飯の種だった。

母さんが死んだ時も、親父が読経した。だが、俺の心は救われなかった。親父の心も、救われているようには思えなかった。

俺が僅かにでも救われたのは、部屋に戻って一人で泣いた時と、婆が眠るまで頭を撫でてくれていた時だ。仏教は見事なほどに何もしてくれなかった。

しばらくめそめそとしていた俺に(当然だ。俺はまだ小二だった)、親父は言い放った。

「すべては空《くう》だ。もう泣くんじゃない」

俺が仏教アレルギーになったのは、俺のせいではないように思う。

声を張り上げて読経していたはずなのに、ふっと意識が飛ぶ瞬間があり、足を静かに小突かれた。つつかれた箇所がじんと反応し、悶絶するほど痛痒くなって目が覚める。隣に座す陽元がわざとやったのだが、起こしてくれたのだと気がつき微かに頭を下げて礼をした。もしも船を漕ぐようなことになっていたら、どんな罰が下されるかわからなかった。

だが、あと少しで勤行が無事に終わる、という時だった。

俺も油断していたのだが、お経から別のお経に移る合間に、陽元とは反対隣に座す源光の首が、がくんと派手に揺れてしまった。

素早く源光の背後に誰かが近づき、襟首をひっつかんで廊下をずるずると引き摺っていく。振り向けば、おそらく無言で泣き喚く源光と目が合っただろうが、次のお経が始まってしまった。一列に並んだ俺たち新到も、誰一人振り返らず諷経に加わらざるを得ない。

高低のある僧侶たちの声が、幾重にも重なって倍音となり、うねり、響く。遠くで源光の悲鳴が聞こえたような気がしたが、確信は持てなかった。

ようやく朝課が終わり、いよいよ粥座《しゅくざ》と呼ばれる朝飯の時間になった。

すでに典座《てんぞ》、いわゆる食事当番が朝食の支度を済ませており、時が来ると雲版を鳴らして知らせる。

時刻は大体五時くらいだろうが、確かめる術はない。

玄関と本堂の間にある板敷きのスペースが食堂と呼ばれており、皆で集まって着座し、ここでもまた嫌になるほどお経を唱えたあとで、ようやく係に器を渡し、ほんの二口で終わってしまいそうな薄い粥をよそってもらう。

私語厳禁のため、言葉で「もっと」も「もうけっこう」も言えず、片手の人差し指と中指二本を揃えて立て、上につっと動かすことでストップをかけるのだが、いつまでも合図せずにいると、係の僧侶から「いい加減にしろ」と睨めつけられ器を突き返されてしまった。

ほかには、梅干しと沢庵がほんの二切れ。

はっきり言って、家庭だったら虐待を疑われていいレベルだ。

昨日と同じ五観の偈を唱え、薄い粥をいただく。それでも、エネルギーを放出しきってしまった胃袋には甘く染みこんでくるのだから不思議だ。美味《うま》い——わけはないか。

どう言い聞かせてみても、粥が美味くなることはなかったが、それでも食べ物には違いなかった。

隣には先ほど廊下を引き摺られて姿を消した源光が、戻ってきている。右の頬が赤く腫れており、傍から見ても生気がないのが気に掛かった。

声を掛けてやりたいのは山々だが、言葉は発せられない。粛々と慌ただしく食事の時間は過ぎていった。

食べ終わった器に茶を一杯注いでもらい、その茶で器をすすぎ、布巾で拭いて退場する。もちろん、読経しながらである。

とちっても誤魔化す技術が発達している俺と違い、お決まりの源光、それに読経のたしなみのない陽元は、たちまち禅一さんに聞き咎められて耳を引っ張られていた。

一旦、無心寮の部屋へと戻り、作務衣に着替えて掃除の時間になった。

今さっき朝食を摂ったばかりだというのに、すでに空腹に苛《さいな》まれながら本堂脇の廊下へと集合する。

本堂をぐるりと取り巻くようにして伸びる廊下を雑巾を絞ってダッシュするという修行なのだが、一旦やってみるとこれが滅法きつかった。起きてから負荷がかかりっぱなしの足腰はすでに限界に達していて、皆、弱音を吐く元気すらない。

学生時代から運動らしい運動にも馴染んでおらず、自慢じゃないが体も二十代にしてすでにたるみきっている。同じく運動に縁のなさそうな源光と二人、すべらない雑巾相手にもたついていると、陽元が息を吹き返したように楽しそうに廊下を往復していくのが見えた。

体格からして別格に丈夫そうだ。何か本格的にスポーツをしていたのかもしれない。

繰り返し廊下を往復していると、もはや体の痛みと空腹以外に考えることはなくなっていく。

大好きな競馬のことすら忘れていた自分に気がつき、情けなくなった。

こうやって、人間らしさをがりがりと削って皆を均質化するのだな。

改めて廊下を往復している同期の新到達やその他の作務に従事している先輩僧侶たちを見て、空恐ろしい気持ちになった。

伽藍の奥に座している大日如来像は、実家のそれと同じく、置物然として無言で佇んでいる。


東司の掃除を終えて無心寮へ戻ると、厳しい表情を浮かべて禅一さんが待ち受けていた。

「無能四バカ新人のおまえらにも、有り難い修行を与えてやる。今朝言いつけた楽しい水汲みの時間だ」

空のポリタンクが六つ、三人の両手分あるが、これに水を入れたら相当の重さになって一歩踏みだせるかも怪しい。

「楽しようと思うなよ。満タンにして一つずつ担いで降りてもらう。行くぞ」

禅一さんも一緒に行くのか――。

両隣にいる源光と陽元の二人とそっと目を合わせ、無言で失意を共有する。

だが、ここで仏様がにわかに慈悲の心を見せたらしい。見知らぬ先輩僧侶が小走りでやってきて禅一さんに何事かを耳打ちしたのである。

「おまえら、そこでちょっと待ってろ」

禅一さんが慌ただしく去り、ぽつん、と、寺の裏山の麓に四人で残された。周囲に誰もいないのを確認すると、陽元が「っしゃ〜」と小声で叫びながら大きく伸びをする。俺も、源光も、定芯でさえもほっと姿勢が緩んだようだ。

「源光、殴られたとこ、大丈夫か」

右頬は相変わらず腫れたままで、気弱そうでも朗らかだった表情は、先ほどから打ち沈んだままだ。

「正直、こんなところでやっていく自信ないよ。でも修行しないなら実家の寺には置かないって言われちゃったし。ここが一番楽って聞いてたのに、それじゃあ他の修行寺はどんなに厳しいだろうって思うと迂闊に寺を変えてくれとも言えないし」

泣きべそをかきながら砂利を蹴る子供のような同期を、バカにする気にはなれなかった。おそらく、多かれ少なかれ皆似たような考えだし、俺だってできることなら今すぐ逃げ出したい。

陽元が首をボキボキと鳴らした。

「定芯は慣れてるなあ。さすが禅寺の息子」

「まあね。座禅慣れしているだけでも随分違うと思うんだけど、最初はきついよね」

「皆道は浄土真宗だっけ」

「ああ。それなのに何でこんな禅寺みたいな修行をやるはめになったんだか。ここって本当に超宗派なわけ？」

「もともと、円諦貫首は天台宗の出だからね」

定芯の言葉に、なるほどと頷く。

源光がいじけた声で呟いた。

「そう言えば、聞いたことがある。ここへ来て逃げ出す確率が一番高いのが浄土真宗の跡取り息子だって」

「――だろうな」

出家なし、修行なし、剃髪なしの浄土真宗の息子が、こんな修行寺に放り込まれたらカルチャーショックを受けるだろう。現に受けている。

「それで、定芯と陽元は自分で来たとして、皆道は何をやってここに送り込まれたの」

「は？　どういう意味だ、それ」

小柄な源光より頭三つ分は大きい陽元が頭を傾げた。俺も重ねて尋ねる。

「何をやって、って何だよ」

　源光が丸い目をさらにまん丸にして驚く。

「陽元は今まで寺に縁がなかったから知らないのはわかるけど、皆道も知らないなんて嘘でしょう」

「何だよ、この寺に何かあるのか？」

　詰め寄ると、源光が辺りを見回してからひそひそと答えた。

「三光寺は、坊主修行をするための跡取り息子が半分、あとの半分は、問題ありの息子達が送り込まれるちょっと特殊な寺なんだよ。僕みたいに出来が悪くて普通の禅寺に預けても見込みがなさそうな奴とか、人格的に問題を抱えていて僧侶として不適切な奴とか、問題行動ばかり起こす僧侶とかさ」

「――ちょっと待て。それじゃまるで刑務所か何かみたいじゃないか。っていうか、修行が終わるのっていつなんだよ。いつまでここに閉じ込められるんだよ」

「それは、基本的には一年単位で寺に残るかどうかの意思確認が行われるんだけど、僕達の意思なんて、ないも同然だって話だよ。中には十年、二十年選手もいるって」

「何だよ、それ」

　源光の話を聞いて、ようやく親父の腹が読めてきた。親父は、寺の跡取りにふさわしくない俺をこの三光寺に厄介払いしたのだ。もしかして既に今頃、弟子の中でも特に出来がいいと可愛がっているやつを跡取りに据える根回しでもしているかもしれない。

十年、二十年と、この二日で味わったような悲惨な暮らしをつづける自分を想像しようと試みたが、全くできなかった。十年以内に飢餓で命が尽きるとしか思えないからだ。

怒り、というよりは、気怠さがぬるぬると胸のうちに広がっていく。幼い頃から慣れ親しんでいる感覚だ。自分がただ一個の存在として世界から切り離され、誰とも、何ともつながっていない点であるというような――。

春にしては冷たすぎる風が頬をなぶって吹き抜けていく。

「ここを刑務所と感じるかどうかは、個人によるだろうけどな」

陽元の呟きに、なぜか神経が逆なでされた。

「じゃあ、あんたにとってここは刑務所以外の何なんだよ」

鈍色の空を見上げて、陽元がぽつりと答える。

「俺にとってここはシェルターさ」

見た目に似合わないほの暗い響きだった。

ちょっと気圧《けお》されて黙っているうちに、足音が近づいてきた。見ると高仙さんがいつの間にかすぐそばまでやって来ている。

「禅一といっしょでは、さっそく脱走者が出ないか心配になってしまってね。私が同行できるよう話を通してもらいました」

言い終わるのと同時に、あれほどどんよりと濁っていた空に切れ目が現れ、春の陽光がスポットライトのように彼に降り注いだ。

さすが仏の高仙さんである。

一方、こちらはまさしく無能四バカ新人というアホ面を晒していた。それでも高仙さんは、他の先輩僧侶とは違い、怒鳴りたてたり、ねちこく説教を垂れたりせずに、これから登る山道のルートを説明してくれる。

「基本はそう険しくない山道を往復するだけなので、負担は少ないはずです。但し、ポリタンクに水が入っていない登り道に関してはの話ですがね。下りは非常にきついです。これを十往復、毎日やっていただくことになります。のろのろしていたらお昼に間に合いませんよ。さあ、行きましょう」

さっと俺たちを見渡した高仙さんが、黙ってポリタンクを一つ持つ。

「四人より五人で運んだほうが早く終わります」

告げるなり、高仙さんは木の根の浮き出た細道を黙って登り始めた。

「どうしたんです？　斎座《さいざ》を食べ逃したいんですか」

斎座、つまり昼食は、朝食と違って一菜つくという。

俺たち四人は顔を見合わせたあと、ダッシュで高仙さんを追って山道へ分け入った。

腹に殆どエネルギーを蓄えていない状態での山道の往復は、思った以上に体に応えた。黙々と山道を登りつづけ、十分ほどいったところで右へ逸れ、粗末な板を渡しただけの橋を渡って沢を越える。そこからさらに五分ほど行くと国道に突き当たり、その国道沿いに公共の汲み場があった。

「少し休んでいいですか」

一番先に泣きを入れたのは源光だった。まだ一つ目のポリタンクを汲み場から運んで降りる途中だが、実際に涙をこぼしている。

「泣くほど辛いのかよ」

陽元が自分のポリタンクを下ろして源光の下へと引き返した。

山鳩や鳶《とび》の鳴く声以外は、俺達の荒い息づかいが小さく響くだけ。作務衣だけでは寒いくらいだった外気の中、皆、汗がだらだらと流れはじめていた。

「陽元、先に行ってください。私が源光と降ります」

あとから合流してきた高仙さんが、源光のポリタンクを軽々と抱えた。左右の手にポリタンクをぶら下げているのに、軽快な足取りで山道を降り始める。ちなみにこの人は、悪戦苦闘する俺達とは違い、二往復目だ。

「素晴らしい方だね」

定芯が、うっとりと言ってよろよろと後を追いかけていき、さらにその後から手ぶらになった源光が息を切らしながら行く。

俺や陽元はとても高仙さんのようにはいかず、二人とも湧き水を満タンに汲んだポリタンクを両手で抱え直した。体格のいい陽元はまだ余力がありそうだが、俺のほうは定芯と同じくふらついて重心が安定しない。

指先がすでに痺れはじめ、これが十往復の一往復目だと思うと気が遠くなってくる。すでに小さくなってしまった高仙さんの背中を追いながら、陽元が呟いた。

「あの人、ブッダの生まれ変わりか何かじゃないのか」

「少なくとも、仏像よりは拝みたくなるよな」

陽元が俺の横顔をまじまじと見たのがわかった。

「違ってたら悪いんだけどさ、もしかして皆道って、仏教が嫌いか」

「――ああ、死ぬほど」

いつもは適当に流せる質問にも剝き出しの本音で答えるほど、疲労が蓄積していた。

それからも高仙さんに励まされながら何とか山道の往復をつづけ、斎座の時間までに水汲みを終えられたが、その喜びも長くは続かなかった。

朝の粥よりはましだったが、それにしても簡素な内容だったのである。米に麦の交ざった飯、それに茄子《なす》の煮付け、山菜の味噌汁。

ただ不幸中の幸いで、体力の限界を超えて動いたせいか食欲が湧かず、見ているだけで気持ちが悪くなった。俺や源光と違い、後半にはコツを摑んで両手でポリタンクを担いでいた陽元は、食欲はあるようだが、唱えるべきお経をとちって禅一さんにどやされ、なかなか食事にありつけないでいる。源光に到っては、吐き気を催して東司に籠り、戻ってきていない。

とにかく何か食べないと、死ぬ。

そう言い聞かせて無理に口に詰め込むと、禅一さんがすかさず近づいてきて「音がうるさい」とどやした。

どうにか全てを腹に収めて食事を終えたが、ぐったりと疲れ切っていた。朝もそうだったが、応量器を出し入れする順番、お経に礼儀、すべてが細々と決められており、その煩雑さに狂いそうになる。

この状態で午後の作務なんてこなせるかよ。

それでもぐったりと休んだり、何事かを考えたりする暇もなく、怒号とともに作務へと駆り出される。今回は高仙さんと禅一さんが、二人で引率するらしい。新到は再び山へと上がり、薪拾いをするのが役目だった。斜面を上がりながら、使い物にならなくなった膝がついに笑いはじめた。

新しいことが始まるたびに愚痴と弱音のオンパレードだった源光は、もはや口を開く気力もないらしく、俺の少し後ろを無言で登ってきた。その後から、高仙さんが皆を見守るようについてくる。

それにしても、薪作務なんて昔話かよと心の中だけで毒づく。

途中までは水汲みと同じ経路を辿ったが、先ほど右に逸れた箇所を今回は左に逸れて真っすぐ行くと、なだらかな斜面に雑木林が広がり、薪になりそうな枝がふんだんに落ちていた。

禅一さんが立ち止まって振り返る。

「各自、ここで籠がいっぱいになるまで薪拾いをするように」

籠はそこそこの大きさで、いっぱいにするのは簡単ではなさそうだ。体を動かしたくても限界が近づいていた。ポリタンクを運んだあとでは薪を握る握力さえももう残っていないのか、摑んだ小枝がぽろりと手の平から落ちる。

「皆道、少し向こうのほうで拾いませんか」

声を掛けてきたのは高仙さんだった。

「少しばらけたほうが、効率良く拾えますから」

小さな群れになっている皆から少しずつ離れ、俺と高仙さんは皆の背中が辛うじて見えるくらいの場所へと移動した。

何とか腰をかがめて枝を拾い、籠へと放り込む。

「どうです、逃げ出したくなりましたか」

眉の下に並ぶ両目が、からかうような三日月形になった。張り詰めていた気持ちに針を刺されたようで、つい、愚痴がこぼれていく。

「それを言うなら、生まれた瞬間から逃げたかったですよ」

とっさに気恥ずかしくなり、そこいらに転がっていた小枝をつま先で蹴ったが、やはりだるさで力が入らない。

「ははは、随分と記憶力がいいんですね」

高仙さんは水汲みの疲れなど一切感じさせないキレのある動きで、テキパキと小枝を集めたり、太めの枝は鉈《なた》で切り、次々と籠に投入していく。

「境内では基本的に私語は厳禁ですが、ここなら多少は息抜きができます。因みにこの倒木は薪作務係のベンチです。少し慣れてきたら私や禅一は付き添いませんから、皆で座って羊《よう》羹《かん》でも食べたらいい」

　高仙さんが指さした先には、確かにベンチ代わりに持って来いの大木が横倒しになっている。

「羊羹、ですか？」

「息抜きを勧めているんですよ。皆、やっていることです」

　その声に、ほうっと全身の力が抜けていく気がした。

「なあんだ、良かったあ。俺、てっきりみんな真面目一筋に修行に励んでいるのかと思ってました。私語厳禁、座禅上等、休む間もなく修行一辺倒なのかと」

「もちろん、そういう人間もいますが、ごく少数ですよ。時々息を抜かなければ、破裂してしまいますから」

　やはりこの人は、仏の高仙さんだ。もう一生付いていきますという気分で尋ねる。

「でも、羊羹というか、お菓子なんてどこで手に入れればいいんですか」

「托鉢する僧侶たちは、さまざまな菓子類を恵まれます。それが回ってきますから。あまり杓子定規に考えなくても大丈夫ですよ。先輩達も目を瞑るところは瞑ります。作法を教えるのが表の引き継ぎだとしたら、今のは裏の引き継ぎですけどね」

　意外な引き継ぎに頬を緩ませていると、さらに高仙さんがつづける。

「ただし、禅一には内密に。悪い人ではありませんが、少し融通が利かないところもあるのでね」

言いながら、高仙さんがさっと小さな包みをよこした。

「少し融通してもらったゼリーです。宜しければどうぞ」

「いいんですか!? ありがとうございます」

ついこの間までただの取るに足らないお菓子だった一口ゼリーが、貴石のごとく輝いて見える。蓋を開けて口の中に放り込むと甘露もかくやというほど、甘やかである。

決まりがあれば破る奴もいる。外での道理が寺の内にも当てはまることに、俺は心底ほっとしていた。

「生真面目にここの食生活を守っていては病気になります。上手にやってください」

静かに微笑んでいる高仙さんに、ふと尋ねたくなった。

「高仙さんってどのくらい三光寺にいるんですか」

「私ですか? 先輩面をしていますが、まだ五年目です。禅一は二年目になる」

「五年もこんなところに――って、すみません」

「いいんですよ。自分でもそう思います」

高仙さんは朗らかに笑ってみせたが、俺は口角をほんの少し上げることすらできない。この人は、なぜこんなにも澄んだ笑い声を上げられるのだろう。

ゼリーをしつこく味わいながら地面の土を蹴り上げると、小枝もいっしょにぽんと跳ねる。

「皆道は、何をやってここに来たんです？　見たところ、円諦貫首に心酔してきたタイプではないようですね」

高仙さんは、こちらに背を向け、枝を手頃な長さに切っている。

どう答えるべきか迷っていると、重ねて尋ねられた。

「もちろん知っていますよね、ここがどんな特徴のある寺かということは」

「ええ。その話なら源光から聞きました」

言うべきか迷ったが、寺から離れたほんの少し自由な時間が俺の口を緩ませた。

「寺の金をくすねていたのを親父に咎められまして」

「それは、それは。で、何に使ったんです」

「競馬です。馬が、好きなんですよ」

「ああ、競馬場で坊主頭をみたら、同業だと思えというくらいですからね」

「そうなんですか!?」

「冗談です」

おそろしく美しい顔立ちだが、摑み所のない人だ。

「まあ、これも縁起ということですね」

「すべてのことは因縁の結果起きているっていうあれですか」

我知らず、ふてくされた声になった。

縁起というのは、縁起がいい悪いなどという言い回しの氾濫で、これから起きることの兆しに近い意味として置き換えられがちだが、本来は違う。生きる上での苦しみというのは何らかの原因と条件、つまり因縁があって起きているという考え方で、ダメ坊主の俺でも知っている仏教の基本思想の一つだ。

「ふふ、大学の授業をすべて寝て過ごしたわけじゃないようですね。さて、裏の引き継ぎはまだまだありますが、また次の機会に。大好きな馬のこともなんとかなると思いますよ」

高仙さんがいつの間にかいっぱいになった籠を持って、皆のほうへ向かって歩き出した。聞き逃すことができずに、慌てて食らいつく。

「馬のことも何とかって、どういう意味です。まさか競馬ができるっていうんですか」

尋ねたが、高仙さんは立ち止まらずに進んでいく。ノーコメントということだろうか。

「もう一つだけ。なぜ俺に、その、裏の引き継ぎをしたんです？　陽元のほうが口が堅そうだし、息抜きなら俺よりも源光のほうが必要そうだ」

今度は立ち止まって振り返り、高仙さんが謎めいた笑みを浮かべた。

「源光には、別の対策が必要です」

「はあ」

それは一体、何なのだろう。

もう少し詳しく尋ねたかったが、やはり返答はない気がした。

本当に摑みきれない人だ。近寄り難いようでいて、ざっくばらん。聖人みたいだが、濁りも受け入れ、何より――世界を見つめる眼差しがとても醒めている。

いや、これは俺の勘違いだろうか。

そうだ、仏の高仙さんが世界を見つめる眼差しはどこまでも慈愛に溢れている。ゼリーだってくれたし。

頭を振って、後を追う。

合流先では禅一さんが俺達を急かし、あとはただ無言で、痛む身体をなだめながら山を降りた。


午後の作務を終えると、再び休む暇もなく本堂へ集合して読経した。

しくじれば薬石を抜くと脅されていたから必死に読むのだが、どうしても怪しい箇所が出てきて、そこは声を加減して読む。源光はとちったのを上手く誤魔化せず、この後の薬石は絶望的だった。

案の定、か。

薬石の時間がやってくると、再び煩雑な手順を踏んで食事の準備を整えたが、空の応量器を目の前に、源光が俯いて空腹に耐えていた。

これでは修行ではなくただの虐《いじ》めではないのか。別に正義感の塊でもないが、大人気《おとなげ》のない禅一さんのやり方に腹が立ってくる。

源光の腹が盛大に鳴る中、読経しつつ、生飯《さば》を行った。これも手順の一つで、配られた白飯から三粒ほどを箸の先で取り、餓鬼道に落ちた餓鬼たちへの施しを行うのだ。だが、本当に仏を目指すなら、今横で飢えている相手に施すべきじゃないのか。俺は個人的には仏陀を知らないが、本人に尋ねたら横のやつにもちゃんと食わせろと説く気がする。

これだから、仏教は嫌いなのだ。

多様化し、形骸化し、脅しをもって人をコントロールしようとする。一体、仏教のどの部分を真実だと信じればいい？

楽しく生きて何が悪いのだろう。読経で声を嗄らすくらいなら、競馬場で嗄らしたい。足が痛む、肩が痛む、喉が痛む、食事の味付けが絶望的に薄い。

出口のない閉ざされた修行寺の中で馬場の光景を思い描くと、疲れ切った体の芯にぽっと火が灯った気がした。

――馬のこともなんとかなると思いますよ。

高仙さんのあの言葉。あれはやはり、この生活の中でも競馬ができる抜け道があるという意味だよな。

時間も現金もないこの状況で、そんな曲芸がどう可能になるのかは全く想像できないが、今はその希望にすがっていないと叫びだしてしまいそうだった。

＊

「うるっせえな」

布団の中でぼそりと呟く。幸い、同室の人間は静かに寝てくれるのだが、隣室に大鼾をかく先輩僧侶がいるらしい。因みに布団は柏布団と呼ばれ、せんべい布団を半分に折った代物で、まるで自分が柏餅の餡にでもなったように間に挟まり、一畳ほどのスペースにちんまりと寝る。枕を使わないため、最初は首が慣れずに肩が凝った。

三光寺に到着して今日でちょうど四日目。日を追うにつれ、ここがいかに監獄じみているかという事実だけが積み重なっていく。いや、監獄より酷い。監獄は囚人の人権に対して一定の配慮が成されているというが、この寺ではむしろ蹂躙《じゅうりん》されている。

「やっと開静《かいじょう》か」

静けさが開かれる。つまり起床だ。声を発したのは、一畳挟んだ隣で寝ている定芯だった。

「やっとって、そんなに修行が待ちきれないのか」

すでに立ち上がって布団を丸めている定芯に向かって、陽元が呆れたように笑う。

廊下から開静を知らせる振鈴のけたたましい音が響いてきた。文字通り鈴が振られて音が鳴るのだが、ものすごい音量の不快音だ。定芯をはじめ、皆がさっと跳ね起きる。

今は、ちょうど午前三時。起床時間としては常軌を逸しているが、誰もぐずったり二度寝したりせずに布団を丸め、棚の上に放り投げていく。

四日目にして悲しくも身についてしまった習性で、俺もそのまま小走りで廊下に出て東司へ向かおうとした時だった。陽元が俺を呼び止めた。

「おい、大変だぞ」

「何だよ、この寺にいること以上に大変なことなんてないだろ」

起き抜けの不機嫌な声で答えたが、陽元は「いや、待てって」と俺の腕を摑む。

すでに部屋から出ていきかけていた定芯も、何事かという顔をしている。

仕方がなく振り返ると、いつになく切羽詰まった表情の陽元と目が合った。

「一体どうしたんだよ」

「源光がいない」

「は!?」

慌てて奴の寝床に目を遣ったが、源光の布団はきちんと人形《ひとがた》に膨らんでいる。

「なんだ、寝過ごしてるだけじゃないか。おい、源光！　起きろ！」

大股でそばに近づき、布団の上からやつの肩を揺すろうとしゃがみ込んだ。だが、そこに横たわっていたのは、源光ではなかった。ただの座蒲団が、それらしく束ねられて布団の中に丸めて突っ込んであるだけ。

「あいつ、逃げたのかよ」

「みたいだな」

「これは、大変なことになるよ。下手したら、僕たち全員、半殺しだ」

顔を見合わせたまま、俺と陽元、そして定芯は立ち尽くした。

朝の身支度を十分以内で済ませるために小走りで移動する坊主集団の中から、素早く高仙さんを探しだした。駆け寄って、端整な横顔に声を掛ける。

「あの、少しいいですか」

ところが、用件を切り出す前に、先に答えが返ってきた。

「言いたいことはわかっていますが、あなた達は何も気がつかなかったと言い続けてください」

驚いて再び尋ねる。

「——源光のこと、もう知ってるんですか」

「昨日の真夜中、駅のそばのキャバクラで修行僧が遊んでいると連絡があったそうです」

「キャバクラあ!?」

思わず小さく叫んでしまい、慌てて咳で誤魔化す。

「他に気がついている人は?」

「あとは陽元と定芯が」

「それじゃ三人とも、誰かに尋ねられたら、源光は別の作務に出ているとでも適当に誤魔化してください。その間に見つけます」

「見つけるって、一体どうやって——」

それ以上は会話をつづけている暇がなく、急いで用を足し、洗面所に移動してちまちまと顔を洗い歯を磨いた。再び部屋の前まで戻って衣を身につけたあと、廊下の決められた場所に座蒲を敷き、その上に正座して全員揃うのを待つ。

かなり急いだつもりだったが、ゆうべは隣室の鼾が大きく、なかなか寝付けなかったせいで、いつもより動作が鈍っていたのだろう。座蒲まで辿り着くのが最後になってしまった。十分をほんの少し過ぎていたらしく、すぐさま厳しい叱責の声が飛んでくる。

「皆道！　時間をなんだと思っている！　朝からたるむな！」

「申し訳ありません」

小声で謝罪し、すでに本堂に向かって移動する列の最後尾に付いた。歩きながら、陽元と定芯にも先ほど高仙さんから告げられたことをさっと伝言する。定芯は絶句し、陽元は溜息をついた。

「あいつ、度胸があるんだかないんだか、どっちなんだよ」

「しかし何でとっとと逃げないでキャバクラなんかに」

粥座のあと、例によって廊下を雑巾でダッシュしながら鏡のように光るまで拭き、東司の掃除を済ませ、ポリタンクを持ってぜいぜいと裏山へ登った。

禅一さんや高仙さんはもう水汲みには同行せず、新到四人で行うようになっていたのだが、今日は高仙さんも付いてきた。

「キャバクラでの目撃情報を最後に、足取りは摑めていません。タクシーや電車を使うと寺に連絡が入るはずですから、遠出はできていないはずです。案外近くに戻ってきているんじゃないかと思うんですよ」

空のポリタンクを運びながら、高仙さんが左右を見回している。

「山に逃げ込んでるっていうんですか」

陽元の声に、高仙さんが頷く。

「ええ。彼のご尊父はかなり厳格な方です。円諦貫首の下にも事前にご挨拶にいらしてますし、実家に戻ることもできないでしょうから」

「あいつ、目がちょっとやばかったですからね」

陽元が思案気に相づちを打つ。

「眠る前に、一言、声を掛けていれば――」

定芯の声も憂鬱そうだ。

俺も無意識に源光の姿を捜していた。だが、日が沈むとまだ寒さの厳しい春の山の中で、源光みたいな根性なしが夜を越せるような場所を思いつけない。

「こんなことになるなら、もっと早く手を打つべきでした」

「もっと早くって、あいつがいずれこういう行動に出るって見越していたんですか」

「誰よりも危うかったことは、あなた達もわかっていたでしょう」

「そりゃ、まあ」

確かに昨日までの三日間でげっそりと頬が落ち込み、日に日に口数も減っていた。陽元の言う通り、目ばかりぎょろぎょろとしていたのは、逃げ出す機会を窺っていたのだろうか。

　ポリタンクを抱え、沢を渡って国道へと出た。汲み場のそばに、今朝はお水取りに来た一般家庭の乗用車も二台ほど止まっていた。

　陽元と定芯が水を汲んでいる間、高仙さんが俺の袖を引く。

「彼が逃げ込みそうな場所を、一ヶ所だけ知っています。見に行ってくれませんか」

「じゃあ、二人にも声を掛けてきます」

「彼らは駄目です。一人で行った方がいい。私が二人をうまく連れて帰りますから」

　とっさのことに立ち尽くしていると、高仙さんが早口で付け足した。

「わかりませんか。あなたも、一緒に逃げていいと言ってるんですよ。詳しくは、源光に聞いてください」

「な、何を言ってるんですか」

「仏教が嫌いなのでしょう。だったら無理に修行寺などに閉じこもることはない。手はずは整っていますから。さ、もう行って」

　高仙さんは俺に、心当たりの場所について早口で告げた。その後、水を汲み終わってこちらに近づいてきた定芯と陽元に何ごとかを耳打ちすると、言葉通りに俺を残してその場を立ち去っていく。

——逃げていいと言ってるんですよ。

今さっきの声に、ぞくりとするような磁力があった。

唾を飲んで、空のポリタンクを抱えたまま、ふわふわとした足取りで国道沿いに真っ直ぐ進む。半ば、催眠術にでもかかったようだ。

——まっすぐ行った右手に三光寺が所有する物置小屋があって、そこに源光が居るはずです。無事に会えたら、これを渡してください。

源光に宛てられた茶封筒の中には、現金とスクーターの鍵が収められているという。

頭が混乱する。なぜ高仙さんは、これから行く小屋の中に源光がいると、あれほど確信を持っているのだろう。なぜ源光に、こんなものを渡そうとしているのだろう。

答えは一つだ。高仙さんが、その小屋に行くよう、源光に指示した。

だが、どうしてそんなことを？

五分ほど行くと、はたして国道脇の山中に小屋が見えた。側道からつづく階段を上がっていくと、小屋の周辺はきちんと草を刈ってあり、人の出入りがそれなりにあることが窺える。

入り口のノブを捻ると、カチャンと素直な音がしてドアが開いた。

窓がないせいで視界が暗く、内部の様子はよく判らなかったが、目が慣れてくるとぼんやりと室内が浮かび上がってきた。そこは、物置小屋というよりも、隠れ家といったほうが近い場所だった。テレビにソファ、ＩＨのキッチンにトイレまである。

「源光？　俺だ、同期の皆道だ。いるのか」

返事はなかったが、誰かがもぞもぞと動く音につづいて、ソファの背後から人影が立ち上がった。

「ほんとに皆道？」

源光が、落ちくぼんだ目でぎょろりとこちらを見た。頬の一部分が不自然なほど削げている。お気楽な雰囲気を漂わせていたやつなのに、たった三日でこれほど人は変わるのか。

「そうだ、俺だ。高仙さんからこれを渡してくれって言われて」

預かった封筒を差し出すと、源光が俺の手からひったくった。

「ありがとう。あとで皆道が来るかもって聞いてたよ。一緒に逃げるでしょう？」

「待て。一体どうなってるんだよ。俺には何が何だか――」

源光はぎらつく目で訴えかけてくる。

「とにかくもう、あんな修行生活は耐えられないよ。ろくに飲み食いさせてもらえない上に、ちょっと船を漕いだだけで殴られるなんてさ。皆道なら解ってくれるだろ」

それは、ものすごく解る。現に今だって、腹が少し鳴った。

「たまたま寺の息子に生まれたってだけで、別に仏教にそれほど熱心にもなれないし。いや、いいことを言ってるとは思うんだけど、どうしても入り込めないっていうか」

仏教に対してのかなりカジュアルな見解を述べたあと、源光はやはり目だけで、解ってくれるだろうと強く訴えかけてきた。

「それは、俺だって似たようなものだから本当によく解るけどな。ここを出ても行くところがないんだろう。この先どうするつもりなんだよ」

そうだ。俺だって、逃げたいのは山々だ。だけど、みんな仕方がなく留まっているんじゃないか。

「それについては坊主バーを紹介してもらったから、しばらくそこで働かせてもらおうかと思ってる。少しだけどこうして支度金もカンパしてもらったし。ね、全部お膳立ては済んでるんだ。正直、皆道が何をためらってるんだかわからないよ。早く一緒に行こう」

封筒を握りしめていないほうの手で、源光が俺の腕をぐいっと引いた。思いがけない強い力で、足がよろける。

「待て、落ち着け。おまえ、誰に言われてこんな大胆なことをしでかしたんだよ」

「高仙さんに決まってるだろ。でもあの方は、僕の願いを聞いて動いてくださっただけだよ」

やはり高仙さん、か。しかし一体何だってあの人は、俺達二人を逃がそうとしているのだろう。そのことがどうしても腑に落ちない。

言葉だけを追うなら、源光の言うことに異論を挟む余地はないように思える。だが、熱に浮かされたように語る様子がどことなく不吉で、すんなりと付いて行く気にはなれなかった。

同時に、頭の隅で囁きかけてくる声もある。

なにをごちゃごちゃ言ってるんだよ。仏の高仙さんが、修行に合わない二人を憐《あわ》れに思って慈悲深い計らいをしてくれたんじゃないか。今を逃せば、おまえは下手したら一生、修行寺に閉じ込められて過ごすことになるんだぞ。

囁きに耳を傾けているうちに、足下から冷え冷えとしたものが這い上がってくる。

「本当にもう行かなくちゃ。あんまり騒ぎが大きくなると動きにくくなるし」

「いや、もう十分にでかくなってるよ」

「だったらなおさら、今すぐ行こう」

源光の手が、再び俺の腕をぐいぐいと引いた。

「――そうだな」

逃げ場所はもう用意されている。だったらもう、迷うことはないのかもしれない。閉じ込められているのは沢山だ。三光寺だけではなくて、仏教そのものが俺にとってはずっと監獄そのものだったじゃないか。

「行こうか」

自由になるんだ。親父からも、寺からも、仏教からも。

出口に向かって、ふらりと一歩を踏み出す。折しも、雲の切れ間から日が射し込み、部屋の中を照らした。

そうだ、光の差すほうへ行くんだ。

さらに一歩踏み出しながら、心がほうっと緩まっていくのがわかった。もう、腹を空かせなくていい、早起きしなくていい。作務も読経もなし、禅一さんの声に怯えて暮らすこともない。

そうだ、ここは俺のいる場所じゃない。

だが、さらに一歩踏み出そうとした時だった。

急に日が遮られたかと思うと、俺達の行く手を阻むように人影がぬっと現れた。

びくりと立ち止まった源光の胸ぐらを摑み、その影は静かに尋ねてくる。

「おまえら二人、ここで何をやっている」

ここ数日で嫌というほど耳にしてきた声だが、これまでとは桁違いの怒気を孕《はら》んでいる。

「禅一さん、どうして」

掠れた声で尋ねているのは、俺か、それとも源光か。

ドアの向こうに鈍く光っていた太陽が、再び雲に翳《かげ》っていくのが見えた。


無心寮の部屋に、いつにも増して重苦しい沈黙が満ちている。

部屋の真ん中辺りに俺と源光が並んで座り、その前を禅一さんが何度も行き来していた。

「もう一度だけ尋ねる。この封筒の中の金と鍵はどこから手に入れた」

源光の目の前にぐっと腰を落として禅一さんが睨みを利かせたが、源光にしては珍しく唇をぐっと引き結んで沈黙を貫いている。

「そして貴様はなぜあそこにいた」

「それは、その、偶然通りかかって源光の姿が見えたので」

禅一さんの視線がこちらに向けられたが、俺は源光と打ち合わせた答えを繰り返した。

――頼む、高仙さんの名前は出さないで。たまたま僕を見かけたってことにしてくれないか。

三光寺へ連れ戻される途中、二人きりになったわずかな隙に、源光が切羽詰まった声で訴えてきたのだ。

――なんでだよ、ちゃんと言わないとやばいぞ俺達も。

──でもあの人は、色んな抜け道を融通してくれるこのお寺の裏ボスなんだよ。もし名前を出したら、僕達、高仙さんとパイプがある先輩僧侶達に半殺しにされる。前、うっかり高仙さんのことを口にした人は、土に半分埋められてるところを見つかったんだって。

さすがに最後の件《くだり》は尾ひれがついている気がしたが、高仙さんが裏ボスだという話には一応の信憑性が感じられた。そういうことなら封筒の中の謎の金の出所やスクーターの鍵についても、例の〝裏の引き継ぎ〟として代々何らかのルートがあるのだろうと想像がつく。

それでもなお、究極の選択だった。

今、禅一さんの圧力に屈して高仙さんを売って、競馬への道も閉ざされ、先輩僧侶達から袋叩きの目に遭うか。それとも、このまま口を閉ざしつづけ、禅一さんの鉄拳制裁を喰らうか。

どちらの地獄へ進むべきか決めかね、結果的に沈黙を守る形になっている。

「皆道、金はお前が盗んだのか」

突然尋ねられて、思わず顔を上げた。

「お、俺はやってませんよ。第一、この寺のどこに金が保管してあるかも知りませんし」

じっとこちらを見た後、禅一さんはちっと舌を軽く打った。

「ぼ、僕がやりました」

源光の震える声が部屋に小さく響く。

「偶然だったんです。一昨日、遣《つか》いに行かされた帰りに敷地内で道に迷って。それで偶然、寺務所に辿り着いたんです。その時、ちょうど先輩方がお金の管理をしていて――あとから目を盗んで僕がやったんです」

源光、おまえ殺されるぞ。

たかが口答えや遅刻で、東司の掃除や過酷な水汲みの懲罰を下す場所である。そこで金を盗んだなどと、それこそ半殺しの目に遭うに決まっている。

「わかった。念のため、寺務所にもそのような事実があったかどうか尋ねる。おまえらは座禅に合流しろ。追って、処分が言い渡される」

部屋を出て行きかけた禅一さんが、もう一度振り返って付け加えた。

「源光、貴様が脱走したことは一部の者しか知らん。くれぐれも口外するな。風紀が乱れる」

すっと音もなく戸を閉め、ようやく禅一さんが出て行った。

ほっと息をつき、源光と顔を見合わせていると、再び戸が開く。

「休むな！　とっとと合流しろ」

二人とも飛び上がって、今度こそ皆が座禅を行っている本堂へと移動した。

脱走事件を起こしてから、処分の通知が何もないまま、一日が経ち、二日が経ち、気がつけば三光寺での生活も今日で一週間という節目を迎えてしまった。

「何か言われるとしたら、新到参堂の時か、それとも貫首相見の時だよね」

源光が沈んだ声で呟く。

同室の陽元と定芯にだけは事の顚末を伝えてあるから、無心寮のこの部屋の中でだけは、おおっぴらに事件にまつわることを話せるのである。

八日目の明日は、形式的にではあるがこれからの修行に対する覚悟を改めて問われるそうだ。その後、新到参堂といって、ここ三光寺の正式な修行僧として迎え入れる儀式が行われる。さらに一ヶ月ほど適性を見て、円諦貫首との面談が行われ、寺の運営を担う各係へと配属されていくらしい。もちろん、水汲みや薪作務など、これまでの新人としての作務は継続した上でさらに忙しくなるという。

＊

ここまで処分が言い渡されなかったのだから、修行僧としての覚悟を問われる明日、何らかの罰が下るのだろうと源光は当たりをつけたのだ。

七日間の修行を終えて柏布団を敷く源光の頬はやはり削げたままで、全体のシルエットも一回り小さくなったように見える。

「なるようにしかならないだろう」

励ますつもりで声を掛けたが、俺だって正直逃げ出したい気持ちのままだ。ただでさえ辛い修行生活にさらに負荷のかかる懲罰が与えられたら、俺は耐え抜けるのだろうか。

「それにしても、あれから禅一さんの姿を見かけないよな。何か、今回のことに関係があるのかな」

陽元が柏布団に潜ったまま呟いた。

確かに禅一さんは、俺たちをこの部屋で詰問して以来、ぱったりと姿を現さなくなった。

「見かけないほうがいいだろ。禅一さんに見られるだけで寿命が削られる気がするし」

思わず、吐き捨てるように答えた。

実際、あの人がいなくなってから、大分ここでの生活が楽になった。少々とちっても叱られるくらいで、胸ぐらを摑まれたり、小突き回されたり、暴言を吐かれることもない。源光も、最初みたいに虚ろな目をする機会が多少は少なくなっている。

「高仙さんも見かけないよな。一体、二人ともどうしたんだろう」

陽元が不安げな声を出す。

俺にとっては、禅一さんよりも、高仙さんの姿が見えないことのほうが問題だった。あの人が裏ボスなのはわかった。それで色々と準備できたのだろうということも。だが、一つだけどうしても確かめなくてはいけないことがあるのだ。

「君たち、今のままじゃ、明日からの正式な修行でかなり苦労すると思うよ。陽元は未だに食事の順番もお経も暗記できてないし、源光は結跏趺坐がちゃんとできてないし、皆道は――」

布団の上に座したままの定芯が、俺のほうに目を向けて一呼吸置く。

「何だよ」

「一応、何とかできてるけど、態度が悪い」

「ふん、悪かったな」

少し考え込んだあとで、再び定芯が口を開いた。

「禅一さんのことなんだけど、僕に一つ心当たりがある――今からみんなでこっそり見に行ってみないか」

真面目人間の定芯にしては大胆な提案に、思わず布団から上半身を起こした。

「そんなことして、見つかったら大変だぞ」

「大丈夫、この時間ならみんな寝静まっているはずだから」

「心当たりって、一体何？」

源光の問いに、定芯が「来ればわかるよ」と腰を上げた。


「よし、誰もいないぞ」

極力音を立てないように、無心寮の廊下をつま先立ちで歩く。

廊下が軋む度に四人して息を潜め、しばらく立ち止まっては再び進み始める。

ゆっくり、ゆっくり前進したせいか、寮の外へと抜け出た時点でかなり精神が摩耗してしまった。

「休んでいる暇はないよ。さっさと行こう」

辺りを警戒しながら、定芯が、隠密もかくやといった様子でさささっと歩を進めていく。

木々の葉まで黄金色に塗り替えられるような、月の明るい夜だ。とても夜の闇に紛れて移動などできそうにもない。幸い、寝静まった寺の境内に人影はなく、ただ大小のお堂が無言で佇んでいるばかりだったが。

俺達新到の行き来する場所はほとんど本堂と無心寮、そして裏山の辺りに限られており、そう広い敷地でないにも拘わらず三光寺については知らない道のほうが多かった。

ところが定芯は、人目につきづらいルートを素早く選んで移動していく。

「すごいな」

皆の疑問を代弁すると、定芯がしれっと答えた。

「大体の地図は頭に入ってるし、ここの傾向と対策みたいなことは前に三光寺にいたってい
う方から教えてもらったんだ。それと、このお堂に送られたら色々とやばいってことも」

言いながら、とある寂れたお堂の前で定芯が足を止めた。

「禅一さんは、ここだと思う」と声を潜める。

こんなに古びたお堂など、見かけたことがあっただろうか。

「何なんだ、ここ」

「荒行堂だよ」

「荒行って、日蓮宗みたいなことをやるお堂か」

日蓮宗には約百日間に亘って行われる激しい修行が存在していて、死者も出ることがある
ほどだ。その是非についてはさておき、よく時節のニュースにも取り上げられている。もし
かして、このお堂の中でもそのような激しい修行をしているのだろうか。

「いいや、日蓮宗のとは少し違う」

定芯がゆっくりと首を左右に振る。なぜか頬が紅潮し、目が爛々《らんらん》と輝いていた。

「このお寺で荒行堂が使われるのは、主に懲罰の時で、その内容はむしろ千葉の日蓮宗より

京都の比叡山に近いんだ。お堂入りって聞いたことがあるだろう」

　源光がぶるりと背を震わせた。

「でもお堂入りって、戦後でも十三人しか達成してない修行でしょう。千日間の修行のうちの最難関で、九日間も断食、断水、不眠、不臥するっていう。僕には死んでも無理だよ」

「ここのはそれほど過酷じゃない。九日間じゃなくて三日間だけだからね。僕の推測が正しければ、禅一さんはここで荒行に励んでいるんだと思う」

「でもどうして禅一さん、が――」

　尋ねる自分の声が、尻すぼみになった。

「まさか、俺と源光のせいか」

　定芯は視線をよこしただけで何も答えない。代わりに、突然、低いしゃがれ声が「わ！」と響いた。

　一瞬の間を置いて、四人とも「うわあ！」と飛び跳ねる。

　いつの間に近づいてきたのか、こぢんまりとした皺の多い老人が、すぐ傍に立っていたのだ。

「いけないなあ、こんな時間に抜け出してきちゃあ」

　あまりにも皺くちゃで、向こうは向こうで徘徊老人なのではないかと心配になる。皮膚には全く水の気配がなく、ただ目玉だけが年月の影響を受けなかったかのように鋭く光って見えた。

「ん？　誰からも挨拶はなしなの」

老人の問いに、定芯が喘ぐように答えた。

「貫首。あなた様は円諦貫首、ですよね」

「ピンポーン」

本当に貫首、なのか？

陽元も信じられないのか、俺の傍に近づいてきて尋ねてくる。

「おい、確かに本人なのか」

「知らんが、おそらくそうなんだろう」

「僕、月刊『寺』で写真を見たことある。間違いなくご本人だよ」

源光が請け合った。

朝夕の勤行時に本堂にいるはずなのだが、俺達は座して真正面を向いたきりだから、同じように前を向いたままの貫首の顔は一度も拝んだことがない。

貫首は、俺達四人を順番に見たあとで穏やかに告げた。

「さて、君たちはもしかして、禅一を探しに来たの」

「はい。荒行堂で懲罰を受けていらっしゃるんじゃないかと思いまして」

　上ずった声で定芯が答えた。憧れの貫首に思いがけず出くわして、かなり興奮しているらしい。

「どうしてそう思ったの」

「それは、その――」

「それは、俺とここにいる源光が、例の脱走騒ぎを起こしたことと何か関係があるのかと」

　俺達を気遣って言葉を濁した定芯の代わりに答えた。

「またまたピンポーン。さあ、ここから覗いてごらん」

　円諦貫首が指さしたのは、お堂の脇に設けられた表札ほどの大きさの覗き窓だった。近づいていき、そろそろと腰を落として中を覗いてみる。

　だんだん、暗闇に目が慣れてきた。

　中では、確かに一人の僧侶が結跏趺坐している。

　お堂に広がる静寂よりもなお静かに、しかしものすごい存在感を放って、禅一さんの魂魄そのものが座しているようだった。

　その峻厳な姿は、俺のような不信心坊主の胸まで、がつんと穿《うが》つような迫力がある。

「彼、もう三日も何にも口にしてないんだよね」

「それ、大丈夫なんですか!?」

「ま、一応はね。それにそうじゃないと、君と源光に、かなり重い罰が下っちゃうとこだったわけ。といっても君達はまだ正式には新到でもないし、荒行ほどの罰じゃなかったんだけどねえ。それでも不憫だって思ったんじゃないの。君達が不祥事を起こしたのは、世話係である自分の責任だって、聞いてくれなくてさ」

「そんな。だってあの人、俺と源光には辛く当たってて、親の敵かよってくらいで」

「一方で高仙は優しかった？　抜け道を色々と教えてくれたり、修行を手伝ってくれたり？」

「それは——」

ちらりと目線をお堂の中へと移す。さらに目が慣れてくると、覗き窓の向こうに、源光どころではなくげっそりとやつれている禅一さんの横顔がくっきりと見えた。

「ああやって、三日間も座禅しつづけてるんですか」

「そ。あの状態なら、呼吸も三分かけて一回くらいかな。深い瞑想状態にいるようだね」

「三分に一回って、そんなこと可能なんですか」

そんなのは俺の知っている座禅じゃない。俺の知っている仏教でもない。

人が死んだあとに読経して謝礼をもらい、それからは定期的に墓や位牌堂に向かって読経して——俺が知っているのは死んだ人間のための仏教だ。

経典を超えた先に、何か得体の知れない世界が広がっている気がして、知らずにお堂の傍から後ずさりして離れる。

「さてと、そろそろ彼の三日間の荒行も終わる時間だ。もうすぐ迎えの僧侶達がやってくるから、少しこちらから離れて見守ったほうがいい」

円諦貫首の言葉に従って、俺達はお堂脇から移動し、藪の中に身を潜めた。

いくらも経たないうちに、五、六人の僧侶が音もなく担架とともに現れ、お堂を開く。

僧侶の一人が、中に向かって何事か声を掛けた。多分、禅一さんと高仙さんが姿を消した間、俺達新到の面倒を見てくれた雄心《ゆうしん》さんだ。

雄心さんに付いてきた僧侶が担架をお堂に運び込んだが、禅一さんは担架ではなく、僧侶らに支えられ、自らの足でお堂の外へと歩み出てきた。

「ふらふらじゃないか」

「大抵の僧侶は三日経つ前に、音を上げると聞きました」

定芯の声は震えている。

「どうしてあの人は、俺達なんかのためにここまでするんです？」

なぜか、貫首に詰め寄っていた。

「あれはもともと、虫も殺せないような男でね。大声で罵倒するなんて、とんでもない。普段は物静かで、花でも育てていたいっていうタイプなわけ。そういう人間が、君たちを一人前にするための指導に相当なジレンマを抱えていたのは想像に難くないでしょう。毎晩、死んだような顔で部屋に戻ってたらしいよ」

すべてが月光の下、無声映画のように音もなく、粛々と進んで行った。

だが、お堂から二、三歩進んだ時、禅一さんの背中がふらりと揺れた。

思わず駆け出そうとしたところを、円諦貫首に止められる。

「今出ていったら、部屋を抜け出したのがバレてまた罰を受けることになる。そしたら禅一の三日間が水の泡だよ」

地面に崩れ落ちた禅一さんは、今度こそ担架に載せられ、俺達が潜む藪のすぐ傍を通っていった。

月明かりに照らされた顔は、痩せさらばえて青白く、体は蠟人形《ろうにんぎょう》のように動かない。俺も源光も、ただ唇を嚙みしめて見送ることしかできなかった。

*

昨夜の出来事からほんの四時間ほどたったろうか。

身体というのは心より柔軟なのか、時計のない生活の中でも、あと三十分ほどで叩き起こされる時間だと知覚できるようになってきている。

「源光、起きてるか」

小さく呼びかけてみたのは、全員が眠れていないと何となくわかっていたからだ。

「起きてるよ」

「おまえ、このまま寺にいていいのか。今日はいよいよ新到参堂だぞ」

「いいも何も、逃げたってまた連れ戻されるだけってわかったし」

憂鬱な声で源光が答えるが、言葉ほど投げやりではない口調が意外だった。

陽元がすかさず突っ込む。

「ははあ、さてはあれだな。脱走してキャバクラに行ってみたはいいけど、そんなにモテなかったんだな」

「うるさいなあ。本当に、そんなに簡単に逃げられないって観念しただけだよ」

「ねえ、皆道。今さらだけど、君は高仙さんから源光に渡す封筒をもらって、高仙さんが指示した場所に行ったんだよね」

尋ねてきたのは、定芯だ。布団を丸めたあと、畳の上に座してこちらを見ている。

俺も、のろのろと身を起こして目をこすった。

「そうだよ」

「そこに、ちょうど禅一さんが訪ねてきたって、何だかすごく――」

「できすぎだって言いたいんだろう」

「なんだ、皆道もそう思ってたの」

黙って定芯に頷いてみせる。

そう。俺は、最初から最後まで高仙さんの言う通りにし、そして完璧なタイミングで禅一さんに踏み込まれて見つかった。

これを偶然だと片付けることもできるだろうが、やはり俺は、あの場所を禅一さんに教えたのは高仙さんだという気がしている。

本当にあの人がそんなことをしたのか、だとしたら何のためなのか。

いずれ機会を見て本人に直接確かめてみようとは思っている。真正面から尋ねても、あの人が素直に答えるかどうかはわからないが。

今度は源光が俺に尋ねてきた。

「皆道こそ、ここに残るってことでいいの？　ずっと嫌そうだったでしょ、ここでの修行」

いいわけがない。だが、俺だって源光と同じだ。仕方がなくここにいる。

いつものようにそう嘯《うそぶ》くところで、自分でも意外な言葉が飛び出した。

「俺の仏教嫌いは今に始まったことじゃないからな。まあ、もう少し様子を見てみるさ」

「そんなことで、よく寺を継ごうと思ったね」

定芯が呆れている。俺も、自分で自分に首を傾げた。

「ほんとだよな。嫌だ嫌だって言いながら、何でなんだろうな」

ここに来てから、改めて自問することが増えた気がする。

それくらいしか、やることがないからだろうか。

母さんが死んだ時、そのとてつもない喪失、世界の欠落は、親父によって淡々と、職業的に、一連の仏事とともに押し流されてしまい、やがて母さんのいない非日常は容赦なく日常へと塗り替えられていった。

実家の阿弥陀如来像は多分あの時置物に、お経は教えではなく呪いに変わったのだ。

だが、初めて実家以外の場所で大勢の僧侶達が読経し、修行に身を投じる姿を見て、俺の中でほんの少しだが、仏教に対する想いが変化している気がする。

もっとも、一体何がどう変化しているのか、微かすぎてまだ摑めないでいる。こんな修行が何の役に立つのか、読経に何の意味があるのか、それだって未だによくは解らない。

だけど――。

けたたましい振鈴の音が無心寮の廊下に鳴り響き、開静の時が来たことを告げる。

修行生活八日目の朝、感慨に浸る間もなく、俺達は慌ただしく廊下へと飛び出した。

ちょうど身繕いが終わる頃、げっそりと頬のこけた姿で、禅一さんが無心寮の俺達の部屋に姿を現した。この中の誰よりも自分自身を痛めつけた彼の視線は、相変わらず鋭く尖っている。

「昨日でおまえたちの準備期間も終わりだ。これからは見習いではなく、三光寺の正式な修行僧として迎え入れられる。おまえらに、その覚悟はありや!?」

「はい!」

全員で声を揃える。

「ではこれから無心寮の廊下ではなく禅堂に参堂したあと、すべてのお堂を回って読経をする。心して勤めるように」

自らに科した懲罰のことには一切触れず、禅一さんは話を終えた。いつも通りの厳しい顔つきをした相手に、思わず声を掛ける。

「あの、禅一さん」

「何だ」

「いや、その——」

何か伝えたいことはあるのに、霞のように曖昧な形をとるばかりで全く言葉にならない。口をぱくぱくとさせる俺、いや俺達に向かって、禅一さんが凄んだ。

「今度、夜間に勝手に出歩いたら二度と太陽が拝めんかもしれんぞ。阿呆ども」

四人とも、あっと動きが止まった。

あの状態で、俺達に気がついていたのか。

相変わらずの冷たい口調だったが、それでも、俺は見逃さなかった。踵《きびす》を返す寸前、禅一さんの口元がほんの少しだけ綻《ほころ》んだのを。

途中、これまた久しぶりの高仙さんも列の先頭に合流した。これまで朝晩の座禅は無心寮の部屋の前で行っていたが、これからは禅堂で先輩僧侶達と行うことになり、各自の席が与えられるという。

春の日射しが、お堂とお堂の間をゆるゆるとつなぐ廊下に柔らかく降り注ぎ、光と同時に影をも浮き上がらせていた。

少し先を、先輩僧侶達の列が行く。それぞれの裾から素足が覗き、くるぶしが剝き出しになって素早く前後していた。

すねに傷を持つ僧侶達。

ふいに、そんな言葉が思い浮かんでくる。

禅堂に到着するや、禅一さんの張りのある声が響き渡った。

「新到、参堂！」

後門から入堂すると、先輩僧侶達が一段高くなった壁際の席に、ずらずらりと居並んで俺達を迎え入れた。これほどの人間がいるのに、気配はごく僅かで、静けさだけが部屋に満ちていることに驚かされる。

この寺の毎日をどこで切り取っても、同じような修行が繰り返されてきたのだ。

先輩僧侶達の姿も、俺達新到の姿も、今であり、過去であり、未来でもあるのだろう。その果てしない繰り返しを思うにつけ、とんでもないところへ来たなと、改めて思う。

修行生活は、まだ始まったばかりである。

第二章　貪《とん》

数多の煩悩の中で最も人を苦しめるという三つの煩悩（三毒）のうちの一つ。際限なくほしがること。

丸窓の向こうで竹林がたおやかに揺れ、坊主が五人も入ればぎゅうぎゅうになってしまう狭い部屋に視覚的な広がりを与えている。

「やあ、また会ったね」

愉快そうな声で話しかけてきたのは、円諦貫首だ。すぐに畳に向けて低頭する。

午前の作務につづいて斎座を終えたあと、貫首相見を告げられた。会社でいう社長面談に当たるイベントである。

ここ一ヶ月ほど蹴られ小突かれしながら金太郎飴のように単調な日々を繰り返してきたが、ようやく今日、円諦貫首との面談で、三光寺内での個別の修行が言い渡されるらしい。

「もう頭を上げていいよ。別に私の顔なんて、見られても減るものじゃないから」

「貫首！」咎めるような声を出したのは、背後に控えている禅一さんだ。

一昨日から、貫首相見に関して事細かに決められている礼儀作法を俺達に厳しく教え込んだ張本人だから、いきなり作法を無視しろという指示に焦るのも、まあ無理はないかもしれない。

一ヶ月ほど前の春の真夜中、禅一さんが俺達の罪を被って荒行堂に籠っていた時、俺達新入り組は貫首と出くわしている。従って、顔も月明かりの下でばっちりと見ているのだが、朝の光の下で見ると、あの夜よりいっそう皺深い印象を受けた。ほとんど即身仏一歩手前という風情である。

「どこからどう見ても、やっぱり君が皆道だよねえ」

「あのう、やっぱりっていうのは、どういう意味ですか」

尋ねると、くっくとくぐもった笑い声を立てた。

「いや、あんまりにも顔がお父さんとそっくりだったからね」

「父をご存知なんですか!?」

「うん、けっこうよく知ってるよ。彼も若い頃、ここにいたからね。僕が今の禅一みたいな指導係だったの」

「そうだったんですか」

あの厳格な父のことだから、どこかで修行は積んだのだろうと思ってはいたが、ここにいたなどと一言も知らされていない。

「懐かしいなあ。あの人、今の皆道と同じ問題を抱えていてね」

円諦貫首の言葉の意図を摑みかねて首を傾げると、すかさず背後から「こら!」と禅一さんの叱責が飛ぶ。

それでも貫首はどこ吹く風で話をつづけた。

「あ、ギャンブルのほうじゃないよ。こっちの問題でね」

心臓の辺りに手の平を当てて、円諦貫首が微笑む。

「ギャンブルって、誰からその話を聞いたんです」

掠れる声で返事をしながら、そんなものは実家から聞くしかあり得ないと気がつく。いや待て。高仙さんにもその話はしたか。

俺の質問には答えず、貫首が呵々と笑った。

「君、得度したのに、仏教のことなんて、これっぽっちも信じてないでしょう」

いきなり喉元に刃の切っ先を突きつけられ、無意識に膝を少し後退させる。

「どうなの?」

からかうような表情とは裏腹に、円諦貫首の視線がこちらを鋭く射貫いた。上澄みの適当な返事は許されないのだと悟り、観念して頷く。

「信じて、いません」

「それはなぜ?」

小さく息を吐いたあと、覚悟を決めて一気に告げる。

「そもそも、現存する最古の経典だって、仏滅後、五百年も経ってから文字化されたものです。五百年ですよ？　日本で今から五百年前だと、ちょうど室町時代。その頃の人物が言ったことが文字で残ってなくて、口伝で現在まで正しく継承されるなんてあり得ますか？　そうなってくると仏陀そのものの存在だって不確かじゃないですか。

俺はずっと疑問でした。なぜみんなが仏教をいいものだという前提で接するのか。ろくに意味のわからない呪文のような経典を唱えてもらいたがるのか。葬式にあんな高い料金を払い、墓を建て、寺院に詣でるのか。

死んだ人間が、それまで馴染みのなかったお経なんて唱えてもらって喜ぶんでしょうか。いや、そもそも死んだ先があるかどうかだって怪しいですし。

そりゃ、遺族が気を紛らわすための儀式だっていう側面は否定しきれませんが、俺はどうしても、心から寺の住職を天職だと思ってお勤めできた例《ため》しはありません」

言い募ったあとで、すぐに後悔が襲ってくる。

何もムキになることはなかったのだ。信者にこんなことを言ったって、頭ごなしに不信心を責められるか、憐憫《れんびん》の目を向けられるだけ。学生の頃にさんざん経験して諦め、ここ数年は誰にもこの問いをぶつけたことなどなかったのに。

唇を噛みしめていると、真正面に座す貫首が上下に揺れはじめた。そのうち、腹を抱えて笑いだしている。

「そんなに可笑しいですか」

「あはは、ごめんごめん。君のお父さんもね、昔々同じようなことを言ってたわけ。懐かしくてねえ」

思わず、口が半開きになった。

「嘘、ですよね。父が仏教を信じていなかったなんて」

声が僅かに震える。何しろ、あの仏教命のような親父の話なのだ。それが、俺と同じように仏教を信じられずにいたなんて、それこそ、にわかには信じられない。

「別に、信じられないこと自体は悪じゃないんだよ。なにもこの人生で悟って仏陀になれなんて、誰も言ってないわけだし。僕だって、今回の人生でもまた間に合いそうにないしね」

まるで前回の人生があり、その時にも仏陀を目指していたと記憶しているかのように語る。因みに、仏陀というのは個人名ではなく、目覚めた人を意味する言葉で、悟った人なら皆、仏陀なのである。

その仏陀をいくつもの人生をかけて目指していると宣言するなんて、普通なら注意深く避けて通る苦手なタイプだが、明るい物言いのおかげか、親父と衝突するときのような苛立ちは感じなかった。

　円諦貫首がようやく笑いを収めて、水を一口含んだ。

「さて、修行だけどね、他の新到さんたちと同様に水汲みはつづけてもらうよ。それと、君に関しては、特定の係につくのではなくて、しばらく禅一と組んで、あれこれ動いてもらうことにしようかな。具体的に言うと、ちょっと最近、高仙のファンで困った人がいてね。僕はぞっこんファンって呼んでるんだけど、その人の相手をしてもらいたいわけ」

「貫首、それは」

　思わず、といった様子で禅一さんが口を挟む。

「ん？　何か問題ある？」

「――いえ。特にございません」

　穏やかに微笑んだ円諦貫首に、禅一さんがぐっと抗議の言葉を呑み込んでいる。俺なんかと組まされるのは不満だろうに――寺業界の年功序列にどっぷりとつかったその姿が、今はただ不憫だった。まあ、俺のほうだって、禅一さんと行動を共にするなんてものすごく嫌だが。

「それじゃ、もう行っていいよ。修行、頑張ってね」

　手を振る円諦貫首に拝礼して部屋を出るなり、禅一さんがこちらをぎろりと睨んだ。悪い人じゃないのはもう解っているが、それでもぴんと緊張の糸が張る。

「午後の作務として、高仙会のサポートを行う。時間になったらカフェに赴くが、夢にも逃げようなどと思うな」

「はい、いや、ええと、そもそも高仙会って、一体何なんです」

尋ねると、禅一さんが珍しく口ごもり、顎を撫でさすった。

「響きの通り、高仙さんの会だ」

「だから、何をする会なんです」

むすっとした顔のまま溜息をつくと、禅一さんがようやく詳しく教えてくれた。

「数年前に美僧コレクションという写真集が出たのを知っているか」

「ああ、男前の坊さんばかり集めた写真集ですよね」

「あれに高仙さんが掲載されたのがきっかけで、この寺に高仙さんのファンが押しかけるようになり、我々の修行にまで差し障りが出た。苦肉の策として、毎日一時間、高仙会と称して、説法の時間が設けられている。実質はただのファンサービスだ」

吐き捨てるような口調も、他の修行僧ならただの嫉妬に聞こえるだろうが、主体が禅一さんだと、修行僧としてふさわしくない行為を純粋に苦々しく思っているのだとわかる。

それにしても高仙会とは、さすが男前の人生は違う。感心するのと同時に、気がついた。

もしかしてほんの少しの間でも、出られるということか。この牢獄から、外の世界に復帰できるということなのか。

知らずに口元を緩めていると、禅一さんがずいっと顔を近づけてきた。

「逃げたら殺す」

「――はい」

次に面談を受ける定芯を呼ぶため、禅一さんと別れた後で一旦、無心寮に戻った。定芯だけでなく、源光、陽元も緊張の面持ちで控えており、俺の姿を見るなり駆け寄って問い質してくる。

「どうだった!?　いきなりすごい公案を出されたりしたのか」

何がそんなに嬉しいのか、修行に目がない定芯は頬を紅潮させていた。

「まさか。禅寺でもあるまいし」

公案というのは、いわゆる禅問答のことで、悟りの足がかりとなる祖師達のやりとりを例にした問題のことだ。以前、禅寺を継いだ大学の同窓生に聞いたが、ちんぷんかんぷんだった。

定芯が、遠足前の子供のように熱に浮かされた様子で佇んでいる。

「円諦貫首は、現代仏教を限りなく高い視座から俯瞰されていらっしゃる超宗派の第一人者だよ。ああ、これからお話しさせていただけるなんて、僕はもう正直どうにかしてしまいそうだ」

「へいへい。けっこう癖のありそうな人だったけどな。早く行かなくていいわけ」

尋ねると、もはや過呼吸に陥るのではないかというほど浮き足だったまま、定芯が戸口に手を掛けて振り返った。

「それで皆道は、どんな修行を言い渡されたの」

「俺？　最悪だよ。禅一さんのヘルプだとさ」

「え、禅一さんと!?　ど、どうして僕じゃなく君なんだよ」

出入り口から駆け戻って抗議してきたが、そんなのこっちが聞きたいくらいだ。

「知らんよ。っていうか、早くいかないと、円諦様がお待ちだぞ」

ぐっと言葉に詰まったあと、定芯が今度こそ部屋から出ていく。足下がいつになく定まらず、ぱたぱたと音を立てて歩いているのを、遠くのほうで先輩に咎められているのが聞こえた。

陽元がくっと笑った。

「定芯って、真面目でとっつきにくい奴かと思ったけど、なんか憎めないっていうか、意外と天然だよな」

「ああいうのが修行バカっていうんだろ。寺以外だと生きて行けなそうだから、寺の息子に生まれて幸せだったパターンだよな」

源光が今では見慣れた憂鬱な顔で頷く。

「ほんと。僕とか皆道みたいに根性も信心もない人間が間違ってお寺に生まれちゃうと悲劇でしかないもんね」

「まあな。でもなんか、おまえに言われるとムカつくな」

寺から早々に逃げだそうとした割には、ここのところ源光はしぶとく修行にくらいついている。以前は休み休みだった水汲みも何とかこなしているし、食事の量についてもぎりぎり堪えているようだ。

雲版の音が響き、午後の作務の時間が来たことを告げる。

「やっべ、遅刻する」

部屋を出て廊下を小走りに移動しながらも、そわそわと気分が浮き立った。

外が俺を呼んでいる。春が、俺を呼んでいる。

海だ、電車だ、人間だ。子供、学生、老若男女、七里ヶ浜に向けてカメラを向ける海外からの観光客達、犬、猫、鳶。寺以外の場所。僧侶以外の人間たち。

空はまどろみ、相模湾は陽光を乱反射させて輝いている。

何も悟りなんて開かなくても、寺から離れれば世界は極楽じゃないか。

「高仙会って、どこでやるんですか」

「寺が経営しているカフェで行う」

浮き立つ俺に素っ気なく答えて、禅一さんが江ノ電の窓の外を眺める。それでも、電車に乗り込んできたアジア人の観光客が俺達に丁寧に合掌してきた時には、倍の丁寧さで合掌を返した。

本当にこの人は、息苦しくならないんだろうか。

寺の廊下を音もなく歩き、どうやってか出回る闇菓子にも手を出さず、こっそり山で焚き火をして暖を取ったり芋を食うこともしない。外出に浮かれて俺のように春を愛でることもなければ、そろそろ皐月《さつき》賞だなと娑婆に出た途端に修行の甲斐もなく競馬に意識が向くこともなさそうである。

「禅一さんって、何をしてる時が楽しいんですか」

「くだらん質問をするな」

――ですよね。

江ノ電鎌倉高校前駅で降り、坂道を上がりながら、住宅街の細い道を縫うようにして何度も曲がる。次は一人で来いと言われてもぜったいに無理だなと独りごちていると、小路の突き当たりにある『精進カフェ　涅槃亭』と書かれた看板の前で禅一さんが立ち止まった。

木の扉には『CLOSED』の札がかかっている。

「ここですか？　随分商売っ気のない場所にありますね」

「こっちは裏口だ。表口にはすでにあの人のファンで行列ができている」

「うへえ」もはや嫉妬も忘れ、うへえしか出て来ない。

「高仙さんはもう来てるんです？」

「中で準備をしていると思う。言っておくが、ファンサービスと言ってもきちんと説法をする会だ。ただ、誰もあの人の言葉を聞いちゃいないというだけでな」

禅一さんが裏戸の前に立って、一瞬唇を引き結ぶ。大きく息を吐いたあと、能面のように表情を消して戸を押し開けた。

「お邪魔します」

入り口から想像するより広い店内は、二十人ほどはゆったりと座れるだろうか。すべてテーブル席で、大きく取った窓からは、瀟洒《しょうしゃ》な住宅街や鎌倉山の柔らかな新緑を望む。

思ったよりも坂の上まで来たんだな。

精進カフェと書いてあったから精進料理を出すのだろうが、それでも三光寺内でこんなに美味そうな食べ物の香りを嗅いだことはない。鼻をひくつかせていると、すかさず禅一さんが釘を刺してきた。

「安心しろ。俺達はいただかん」

人の心を折ることに関して、この人は超一流である。

誰もいないのかと思ったら、カウンターの向こうで、女性がむくりと上半身を起こした。

「あら禅一さん、と新到さん？　ごめんなさいね、今、床下収納からちょっと物を取り出していて」

ショートカットのさばけた雰囲気の婦人が、ぱっと微笑む。五十代半ばといったところだろうか。母さんが生きていたら、多分同じくらいだろう。割烹着姿が様になっており、好奇心旺盛な瞳でこちらを見つめてきた。

禅一さんが、無表情のままで俺を紹介する。

「こちら、この春に入った高岡皆道です」

「よろしくお願い致します」

軽く頭を下げると、相手も名乗ってくれた。

「私はここのオーナーで横川祐子と言います。悪いわねえ、少し心配な人がいて――何もなければいいのだけれど」

禅一さんが無愛想に答えた。

「こちらとしても、何も起こさないために来ておりますので」

「ん、もちろんそうよね」

祐子さんが少し傷ついたような顔になった。

外でも俺たち新到に対するような態度を崩さないとは、なんとも徹底した人である。だが、相手は一般の女性だ。それも母親世代の。

「あの、俺、何かお手伝いしましょうか」

気の毒になって声を掛けると、祐子さんが割烹着の裾を伸ばした。

「ありがとう、優しい新到さんね。でも、高仙さんと、もう一人、女の子が手伝ってくれているから大丈夫よ」

ちょうど、店の奥に並ぶ二つのドアのうちの一つから、人影が二つ出てくる。段ボールの箱を担ぐ高仙さんと——とびきりの美女だった。

久しぶりに間近で見る高仙さんは、やはり男前のままだった。日々、ファンの集いまで開かれるというのもこの人の話ならば荒唐無稽とは思えない。そしてその隣の美女と並ぶと、どこぞのパンフレットの表紙かと思うほど様になっている。

「あら、ちょうどあなた達の噂をしていたのよ。この子は、晶《あきら》ちゃん。本業は納棺師なんだけど、空いている時間はここを手伝ってくれているの」

「よろしくね。ええと──」

「た、高岡皆道です。よろしくお願いします」

嚙みながら自己紹介した俺におざなりな笑顔を向けた後、晶さんはじっと禅一さんを見つめた。

「ずいぶんとお見限りだったじゃないの」

「ご無沙汰しています」

責めるような晶さんに対して、禅一さんは淡々としている。

なんだよ、この二人に漂う緊張感は。しかもお見限りって、まさかこの二人──いやまさかな。

高仙さんが段ボールを厨房へと運び入れたあとで尋ねてきた。

「ところで二人ともどうしたんです？　わざわざ涅槃亭まで足を運ぶなんて」

「円諦貫首からのご指示です。最近こちらに困ったファンが現れて高仙さんが難渋しているのでお助けするようにと」

「もしかして、高仙さんは俺達が来ることを知らなかったんですか」

尋ねると、彼ではなく祐子さんが慌てて答えた。

「そうなの。ほら、高仙さんは忙しくて大変そうだったでしょう。だから、今回は私から貫首に声をかけたのよ。ごめんなさいね、勝手なことをして」

「いえ、とんでもない。こちらこそ、場所をお借りしている上にご心配まで掛けてしまって申し訳ありません。さて、と――」

高仙さんが面白そうな顔になる。

「まだ時間もあるし、せっかくだから少し話しましょう」

促されて、俺と禅一さんは、手近な席に高仙さんと向かい合って腰掛けた。

「久しぶりだね、皆道。例の騒動では色々と大変だったみたいだけど、もう落ち着いたかい？」

自分でそそのかしておいて、何を言ってるんだよ。

何か痛烈に言い返してやりたいが、いけしゃあしゃあとのたまう余裕の相手を前にすると、舌先が固まって動かない。

禅一さんは、俺達のやり取りには頓着せずに、単刀直入に切り込んだ。

「会が始まる前に、お相手のことを簡単に教えてもらえませんか」

溜息をつきつつ、高仙さんが話し始める。

「今度は五十代の女性ですよ。私が弥勒菩薩《みろくぼさつ》の生まれ変わりだと信じ込んで詰めかけてくる。

まあ、特に他の参加者に害があるわけでもないし、私としては問題がないと思っていたんだけどね」

「よりによって弥勒菩薩なんて、なんか渋いっすね」

菩薩というのは、仏のすぐ下の位のことだ。つまり、あともう一押しで悟りを開ける位置につけているのだが、中でも弥勒菩薩は釈迦の後に地球上で悟りを開くと言われている、いわば地球における仏教界の次代のエースである。ただし、その時期は五十六億年以上も先の話。因みに、天文学上のある予想では、あと十億年で太陽の膨張に伴い、人類の生存環境が脅かされるという。

高仙さんが、主に禅一さんに向けて告げた。

「ねえ、今までもその手の狂信的な相手は大勢いましたよね。その度に辛抱強く説得して納得してもらってきたんだし、今回も私一人で大丈夫だと思うんですよ。そこでこれは提案ですが、君たちは会の間、何もせずにどこかで時間を潰しては？　禅一だって、一刻も早くここから出て行きたいでしょう」

「どういう意味です」

刹那、二人の間に剣呑な空気が流れる。思わず交互に二人を見ると、高仙さんがふっと微笑んだ。

「別に、言葉通りの意味ですよ。こんな雑事に関わっているくらいなら経典の研究でもしていたいタイプでしょう。それ以上の意味はないですよ」

「お気遣いでしたら不要です。ここで会を見守るのも言いつかった修行ですので」

「そう。それじゃ、ご自由に」

二人の視線が再び交わり、火花が散っている、ように見えるのは気のせいだろうか。

「そろそろ時間よ。もう大分行列ができているみたいだけど、彼女は今日も裏口から来るかしらねえ」

祐子さんが困ったように頬に手を当てる。

「いざとなったら、丁重にお断りするしかないですよね」

晶さんが長い髪を耳にかける。綺麗なお姉さんである。

表玄関はガラス戸で、祐子さんの言う通り、すでに高仙さんのファンらしき女性たちがずらっと列を作っているのが見えた。少しでも彼の姿が見たいのか、先頭付近の女性たちは戸に顔を押しつけて店内を覗いている。

同時に、それまで静かだった裏戸が、乱暴に叩かれる音が響き渡った。

「高仙様！　いらっしゃるんでしょう。開けてください」

「どうやら本人登場のようですね」

禅一さんの皮肉な声に、高仙さんが微苦笑する。

「さっきも言った通り、二人は帰ってもらって構わないですよ。対応は私がするから、くれぐれも余計な刺激を相手には与えないように」

「いえ、こちらも貫首から言いつかっておりますので」

高仙さんより一歩早く禅一さんが立ち上がり、戸口へ駆け寄った。

「何をしている、皆道。早く来い」

慌てて禅一さんにつづいた。一方で高仙さんは、祐子さんに引き止められている。

「そろそろ時間だし、もう店を開けないと。あちらのことは、二人に任せたらどうかしら。取りあえず一旦、物置にでも隠れて、ね」

そうこうしているうちに、ドアが体当たりでもされているように、さらに激しく鳴りだした。

「皆道、俺が扉を開けるから、彼女が店に飛び込まないよう壁になるんだ」

「あ、はい」

禅一さんが裏戸を開けるのと同時に、急いで戸の前に立ちはだかる。

五十代の、体のラインがくっきりと出るワンピースを着込んだ女が、間髪を容れずに俺にタックルをしかけ、店内へ押し入ろうとした。

「わ、ちょっと！」

見た目は華奢《きゃしゃ》なのに、ものすごい力だった。それでも相手が母親とそう変わらない年代の女性だと思うと、あまり乱暴にもできない。

「どきなさいよ、不細工」

悪かったな。

肩をそっと摑んで押しのけただけで、相手は狂ったように体を捩《よじ》った。

「ぜ、禅一さん、この人やばいっす」

「やばいって何よ、やばいって。高仙様を出しなさいよ！　私は高仙様に会いに来たんだから」

「落ち着いてください。高仙はこれから会がありますので、そちらに参加されたらどうなんです」

落ち着き払った禅一さんの言葉に、向こうはますます鼻息を荒くする。

「そんなの、半年先まで予約で埋まってるっていうじゃないの。待てないわよ」

そこまでの人気集会だと知って、そんな場合ではないが感心してしまった。もはや仏陀に乗っかるよりも、あの人自身が教祖になったほうがいいんじゃないだろうか。

「バカ！　力を抜くな」

「え？」

一瞬の隙を突いて女が俺を突破し、店内へと勢いよく突進しようとした。舌打ちした禅一さんがダッシュで彼女の真正面に回り込み、相手を冷たく見やる。その迫力に打たれたのか、女は道の真ん中辺りまで後ずさりした。

「な、何よ」

「高仙のことはきちんとお話の場を設けますから、少し落ち着いてください」

小さく口を開けたあと、女が呻くような声で言う。

「本当？　高仙様に会わせてくれるの？」

「それはお話を聞いてからの判断となります。とにかく、なぜ高仙を弥勒菩薩だと思うようになったのか、その辺りのことから詳しく聞かせていただきたいのですよ」

しばらくつづいた睨み合いの後で、ぱたりと女が両手を下ろす。

「あなた、何だかすごく嫌なやつね」

「よく言われます」

女の馬鹿力には暴力反対と密かに叫んだ俺だが、彼女の言葉には心から賛同した。

地蔵堂の簡素な畳敷きの部屋の中で、俺達は高仙さんのぞっこんファンと対峙していた。

狭いお堂の畳の上に座すと、この寺を訪れた初日の悪夢が甦ってくるようだ。

　色々とありすぎたせいか、ほんの一ヶ月と少し前の話なのに、去年の春の出来事ではないかと思うほど遠く感じる。

「どうぞ、粗茶ですが」

　禅一さんが、お茶を差し出した。

　女は硬い表情のまま湯呑みを手に取り、口の中を潤している。先ほどよりは少し落ち着いたようだ。

　咳払いをして、禅一さんが改めて相手に尋ねた。

「失礼ですが、まずはお名前をお聞かせください」

「──澤田《さわだ》栄子《えいこ》。バツイチの五十二歳で、スーパーの総菜調理担当。鎌倉駅の傍のマンションに住んでいる善良な一市民よ」

　栄子さんは、疲れたような溜息をつく。

「それで、なぜ高仙を弥勒菩薩の生まれ変わりだと思われたのですか」

「だってこの世のものとも思えないほど美しくていらっしゃるし、出待ちした時に少しだけお話ししてご本人にも確認したわ」

「高仙が、自分は弥勒菩薩の化身だと認めたっていうんですか」

さすがの禅一さんも、淡々とした口調を少し乱した。

「そりゃ、謙虚な方だもの。敢えて認めはしなかったけど、否定もしなかった。あの時確信したのよ。やはりあの方は弥勒菩薩様の生まれ変わりだって」

深い溜息をついて、禅一さんが栄子さんに告げた。

「弥勒菩薩、大日如来、薬師如来、普賢《ふげん》菩薩、地蔵菩薩、ああそうそう、イエス・キリストの生まれ変わりといって彼に傾倒した方もいましたね。わかりますか、あなたのような方は一人ではないのです。あのような容姿と物腰です。彼は多くの女性に好かれ、幻想を抱かせ、時に人生を狂わせてしまう。その罪を恥じ入って、三光寺にやってきたのです。どうか、彼を思うならばそっとしておいていただけないでしょうか」

そうだったのかと、俺も栄子さんも、そろって禅一さんを見つめた。そのうち、栄子さんが、閃《ひらめ》いたという表情になる。

「なるほど、あなたは嫉妬しているのね。高仙様があまりにも尊い存在だから。でも考えてもご覧なさい。彼は弥勒菩薩なのよ、もう少しで悟りを開かれるのよ。そんな方と張り合ってどうするの」

説得しようとしていたはずが、気づけば逆に説得にかかられている。これにはさすがの禅一さんも、苦い顔をするしかないようだった。

自分の聞きたいようにしか人の話を聞かず、まともな相手に同情までしてみせるとは、さすがぞっこんファンである。なかなか気持ちのいい妄信っぷりだった。

「お尋ねしますが、高仙が弥勒菩薩だとして一体どうされたいのです」

「それはもう、生き菩薩様として有り難いお姿にお参りしたいと、それだけですよ。息子や孫のような歳のアイドルを追いかけ回す女たちと一緒にしないでほしいわね」

どこからどう話を聞いても、同じですよ。

言ってやりたい衝動をぐっと堪えながら禅一さんを目の端で見ると、膝の上に置かれた握り拳の甲にくっきりと筋が浮いていた。

「なるほど。それでしたら、やはり会の整理券を手に入れて、半年ほど待たれてはいかがですか」

「そんなに待てないと言ってるでしょ」

栄子さんの目つきが、ふいに昏《くら》い光を帯びた。完全に狂信者のそれだ。

「ねえ、もう質問には答えたし、怪しい女じゃないとわかったでしょう。高仙様の尊さに気がついているのは私だけなの。下らないファンに会わせるくらいなら、私を優先させてよ」

「禅一さん、やはり我々の手には負えないですよ。これは確かに高仙さんと直接話して誤解を解いてもらうか、病院へ――」

俺の声には反応せず、禅一さんは口元を引き結んで探るように相手を見る。

「あなた、高仙とどの程度関わったんです？　やはり、彼が弥勒菩薩だと信じ込まされるような何かを言われたんじゃないですか」

思わず、禅一さんの横顔をうかがった。

もしかして禅一さんは、栄子さんではなく、高仙さんのほうを調べているのか？

一瞬、堂内に沈黙が降りる。微かに身を振らせたあと、栄子さんが不機嫌に言った。

「信じ込まされるとか何とか、言いがかりもいいところ。彼は弥勒菩薩様なの。それが真実。そして真実は、選ばれた人間にしか見えないということよ」

特大の溜息を吐き出し、禅一さんが頷いた。

「わかりました。三光寺の責任者である貫首と高仙本人に相談してご連絡します。場合によっては整理券も融通しましょう。ですからもう、あの店に押しかけるのはやめていただきたい。さあ、ここに連絡先を」

禅一さんがメモ用紙を差し出すと、栄子さんが不承不承という表情のまま携帯電話の番号を記した。

それからもしばらくごねた栄子さんをどうにかタクシーに押し込めたあと、俺達は涅槃亭へと戻った。

すでに高仙会は始まっており、俺と禅一さんも店内の隅に陣取る。

テーブルは小さな楕円形に配置され、一番奥の席に高仙さんが座していた。

参加者はほとんどが二十代から三十代の女性で、一人だけ高校の制服に身を包んでいる女子の姿がある。

これまで俺が参加したことのある説法会ではついぞ感じたことのない、華やいだ、いや、浮ついた雰囲気である。

晶さんは厨房に入っており、祐子さんと二人してお菓子の準備をしていた。

ちょうど質疑応答の時間らしく、水色のワンピースを着た女性がしなしなと立ち上がって質問を始めた。

「あのう、私って煩悩の塊で、座禅をしてもちっとも集中できないし、欲しい物はすぐに買っちゃうし。それでも、いつかは解脱ってできるんですか」

甘えるような声。本当は解脱になど一ミリも興味はないはずだ。

禅一さんが、何かに耐えるような表情をして、人差し指で小さく腿を弾いた。潔癖症の禅一さんのことだ。仏教を高仙さんに近づくダシにされていることが嫌なのだろう。

「いい質問ですね。結論から言うと、南野さんがどんなにお買い物が大好きで、座禅が苦手でも大丈夫です。すべての人間の内に仏があり、いつかは解脱できる可能性があるのですよ」

優しく穏やかに響く声は、渇いた心に降り注ぐ慈雨のようだ。店内の女性たちがうっとりとした表情で高仙さんの言葉に耳を傾けるのも、わからないではない。

「私が仏教を皆さんに知っていただきたいと思う理由の一つは、その寛容さなんです。今風に言うと、ゆるい、という言葉が当てはまりますでしょうか」

くすくすと参加者から笑い声が起きる。

「仏教には様々な宗派があり、そのすべてが解脱、すなわち悟りを得ることを究極の目的としています。ですが、決して今回の人生においてではなくていいのです。今回が駄目なら次回、次回が駄目なら次々回。繰り返す転生の中で、少しずつ仏に近づいていくことにしようと、そういうことなんですね。なんと壮大で、ゆるい教えでしょう。私はこのゆるさには、インドに流れていたガンジス川の壮大さが関係していると思っていますが、もちろん真相はわかりません」

「私も学生時代にインドに旅をして、対岸も見えないような大きな川の流れに心を打たれました」

熱心に語ったのは、植物染めらしいゆったりとしたワンピースに身を包み、髪には太めのバンダナをしている女性だ。質問した女性とはタイプが異なるが、目がハートになっているところは一緒だった。

高仙さんがゆったりと微笑む。

「私は会を開かせていただく度に思うのです。ここにいらっしゃる方は宿世のご縁を感じる方ばかりだと。もしかして清原さんとは、ガンジス川をともに眺めたことがあるかもしれませんね」

あちこちの席から小さな悲鳴が上がり、件のガンジス女子はほとんど金魚のごとく赤い顔をして口をぱくぱくとさせている。

「くだらん」

禅一さんが誰にも聞こえないほどのごく小さな声で呟いたあとも、甘ったるい質疑応答は長くつづき、ようやく終わった後にはなぜかぐったりと精神が疲労していた。

女性達が帰ったあと、祐子さんが俺達三人に、たんぽぽでできているというコーヒーを出してくれた。幼い頃寺の境内で食《は》んだたんぽぽの茎の苦味を微かに感じる。

四人掛けのテーブルに、さらに二つ小さなテーブルをくっつけ、祐子さんと晶さんも座った。

「それで、どうだったの？　例の人は」

「さあ、一度話しただけでは何とも。ただ、高仙さんのことを心から弥勒菩薩の化身だと信じ込んでいるようです。一体、どんな暗示をかけたんです」

高仙さんが片眉を上げる。

「暗示とは、少し傷つきますね。いつもと一緒ですよ。女性達が勝手に思い込んでしまう」

あくまで穏やかに高仙さんは語ったが、やはり禅一さんとの間に流れる空気はかなり張り詰めたものだ。

「もう一つ質問、というか確認があります。あなたは、彼女から弥勒菩薩の化身かと問われて否定しなかったそうですが、正確には何と答えたんです」

「さあ、よく問われることだし、忘れましたよ。いくら否定しても妄信的な方は聞いてくれないですしね。いつしか否定することを諦めただけです」

「つまり、人々が正しい道を歩む手伝いを放棄なさるんですね」

「私のような未熟者には、禅一ほど正しさの尺度に自信を持てませんよ」

早口の応酬が一旦途切れると、高仙さんが優雅に立ち上がった。

「さて、そろそろ午後の作務が終わりますね。寺に戻る時間では？」

禅一さんが、すかさず尋ねた。

「――もう一度確認します。本当に、彼女に何かけしかけたり、そそのかすようなことを言ったりはしていませんね」

「もちろんしていないよ。そんなことをして、私になんの利があるんです。それじゃ、祐子さん、晶さん、二人を残して私はお先に失礼します」

テーブルの上に載せられていた祐子さんの手に軽く触れたあと、高仙さんはあだっぽい流し目をくれて涅槃亭を出ていった。

目の端で禅一さんを見ると、顔を赤黒くして黙ったままでいる。

この二人、そんなに折り合いが悪かったのか――。

ばたんというドアの閉じる音がして、ようやく空気が僅かに緩んだ。

「はあ、何だか、高仙さんって底が知れないですね。人ではないものと信じたくなるのも解る気がするというか」

俺の声に、晶さんも強く頷く。

「本当に。たまに空恐ろしいと思うことがあるくらい」

よっしゃ、晶さんが頷いてくれた。

「血迷うな。高仙さんはただの人だ。それも、良くない趣味をもっているな」

「良くない趣味、ってなんですか」

禅一さんが答える前に、祐子さんがやんわりとたしなめてきた。

「そんな言い方、ダメよ」

「おや、高仙さんの良くない趣味を心配したから、わざわざ貫首を通して我々を呼びつけたのでは？」

「ちょっと禅一さん、言葉きつすぎ」

咎めた晶さんに、禅一さんが嚙みつくような視線を向ける。

祐子さんは、毅然とした様子で答えた。

「確かに依頼をしたのは私だけれど、だからって高仙さんに悪意のある言い方をしていいことにはならないでしょう。それで、実際のところどうなの？　栄子さんは、高仙さんに感化されてる様子はあった？」

「まず間違いないですよ。感化なんて生やさしいものじゃない。すでに洗脳されてしまっている」

「——そう」

祐子さんも、さすがに少し難しい顔つきになる。

「そうなってしまわないか、心配はしていたのだけれど、遅かったようね」

「栄子さん、最初から思い込みが激しそうでしたものね」

ティーカップを口に運ぶ晶さんは、顔を顰めても様になる。

「そろそろ次の作務がはじまるので、我々は失礼します」

「もう行くの？　久しぶりに来たんだから、少しゆっくりして行ったら？」

慌てて立ち上がった祐子さんが、急にふらついてすとんと椅子に座り直す。

「大丈夫ですか!?」

駆け寄ると、少し青ざめた顔をしていた。

「水か何か持ってきますか」

心臓が強く打つ。青ざめた女性は、明日にでも動かなくなるような気がして苦手だ。

「いいえ、大丈夫。ごめんなさいね、最近ちょっと貧血気味で」

「やだ、祐子さん、疲れてるなら言ってくれればいいのに。私、温かいお茶でも淹《い》れてくる」

「何か俺もお手伝いしますよ。ねえ、禅一さん――禅一さん？」

バタンと大きな音が響き、裏戸が閉まった。

「いいの、私は大丈夫だから、新到さんは早くせっかちな先輩の後を追って」

少し迷ったが、祐子さんに一礼したあと、急いで禅一さんの後を追う。

住宅街の細い路地でようやく追いつき、禅一さんに尋ねた。

「いいんですか」

「何がだ」

「いや、祐子さんは修行僧ではないですし、かなり年上のご婦人ですし、ああいう態度ってちょっと」

じろり、と禅一さんがこちらを睨んだが、いつもの罵声は飛んでこず、ただ少し早足になっただけだった。

少し遅れてしまったが、寺に戻り、午後の作務に合流した。薪集めである。

最初はかったるいとしか思わなかったが、今ではいい息抜きの時間になっている。もちろん、薪もきちんと集めるのだが、慣れた今は最初に四人で手分けして籠いっぱいに集めきり、あとは高仙さんに教えてもらった例の倒木ベンチに腰掛けて闇菓子を食むのだ。特に今日は、源光がいい仕事をしてくれた。

「見てよこれ、井筒屋の芋羊羹」

「お、それ、聞いたことがあるぞ」

得意気に菓子箱を掲げる源光に、陽元が目を輝かせている。

定芯が顰め面をして源光をたしなめた。

「またそんな目立つ菓子をくすねてきたの。井筒屋っていったら、開店前から行列ができている有名和菓子店だよ。中でも芋羊羹と言えば、看板メニューで開店一時間以内に売り切れる評判の味だし」

「じゃあ、定芯は食わなくていいよ。せっかく苦労して四人分手に入れたのに」

「僕はいらない。禅一さんだって貫首だって、粗食に耐えていらっしゃるんだから」

倒木を跨《また》いでくるりと向きを変え、定芯は菓子を視界から追い出した。

陽元がうきうきと宣言する。

「悪いな定芯、俺は食うぞ。皆道も食べるだろう」

「聞くなよ。腹が減って死にそうだよ。ただでさえ精進料理カフェでいい匂いを嗅ぐだけ地獄を味わってきたんだから」

「何だよ、カフェって。そんなの修行僧の行く場所じゃないだろ」

陽元が目を白黒させた。

「いいや、例の禅一さんのお供で行った、れっきとした作務だよ」

「いいなあ！　何て美味《おい》しい係なんだよ」

定芯が話題に釣られたのか再び顔だけをこちらへ向けた。うっかり芋羊羹が目に入ってしまったらしく、ごくりと喉を鳴らしている。

「食べろよ、定芯。生き抜くためだ、お釈迦様だって見逃してくれるさ」

「うう、黙れ、煩悩」

陽元に諭されても、定芯は健気に首を振って耐えた。

「ちょうどいいや。みんなもそれぞれ修行を言い渡されたんだろ。報告しあおうぜ。助け合えることもあるかもしれないからな。で、源光は一体、何をやるんだ」

陽元に促されて、源光がにやりと笑う。

「この芋羊羹を見て気がついてよ。僕は典座の手伝いだよ」

「おまえ――でかしたな」

典座というのは要は厨房係のことで、僧侶たちの食事を司る部署だ。通常は二人詰めだが、源光は見習いで入るらしい。

「托鉢の時にいただいた食物がさ、一斉に集まるんだ。いい物は先輩達に流れて行っちゃうけど、これだけ残っててすかさず手に入れといたんだよ」

「やるなあ。助かったよ」

がつがつと芋羊羹を一気食いした後、陽元が源光に礼を言った。俺もたまらず口の中に放り込んで目を閉じる。

ああ、久しぶりの糖分だ。

ほのかな甘みのはずが、強烈な刺激に感じられ、ちょっとやばい食べ物でも口にした気分になってくる。

定芯が少し心配そうな声で源光に尋ねた。

「ねえ、他にも色々と集まっていたのに、その羊羹だけ残っていたんだよね」

「そうだけど？」

暢気に答えた源光に対して、定芯は黙り込んでしまった。一瞬の沈黙を陽元が破る。

「まあまあ、定芯、そう堅苦しい顔をするなよ。万が一バレてもお前は何も知らなかったっていうからさ」

「いや、そういうことじゃないんだけど。まあ、いいさ。水を差して悪かったね」

小さく溜息をつく定芯に、俺は尋ねた。

「で、定芯の修行は何だったんだ」

「僕は殿司《でんす》だよ」

「うわ、それは大変だねえ」

源光の気遣うような声に定芯は笑顔で答える。

「大変なんてとんでもない。本堂の管理や読経の指揮をとれるなんて、ものすごく光栄なことだよ。先輩から引き継ぎを受けたんだけど、楽しくて仕方がなかった」

「うへえ」

こいつの話を聞いていると、世の中にはこういう人間もいるのかという対岸からの感想しか抱けない。本堂の管理や読経の指揮など、たとえ些細な間違いでも四方から叱責されそうで真っ平ごめんである。

「で、陽元は」

「俺か？　俺は三応《さんのう》で補佐役。やれる自信はないけど、まあやるしかないよな」

ぽかん、と口を開いたあと、定芯が陽元ににじり寄った。

「さ、さ、三応と言えば、貫首クラスの身の回りのお世話係じゃないか。なんでそれが僕じゃなくて君なんだよ」

「さあ、俺に言われても。それに定芯は殿司で満足してるんだろう」

「大日如来様にお仕えできるのは名誉だけど、円諦貫首のお付きだってしたいよ、そりゃ」

源光が定芯に向かって呆れている。

「殿司も三応も、みんながあの係だけは当たってくれるなって願うハズレなのに、よくそんな風に思えるよね」

「変わり者だと疎んじるならそうしてくれて構わない。僕は、身も心も仏の道に捧げているんだ」

定芯が口を尖らせる。

「僕もそんな風だったら、親父からあんな目で見られなくて済むんだろうなあ」

呟いた源光の顔はどこか寂しげだが、いつもながら気持ちはよく分かった。

「嘆くな、俺だってそうさ。寺の息子だからって、みんなが仏教と相性がいいわけじゃないからな」

「で、皆道は結局、どんな修行を言いつかったんだ。カフェなんて、寺から一番遠い場所だろ」

「それが、俺はみんなみたいにはっきりとした係じゃないっていうか。どっちかっていうと、トラブル対応に近いというか」

俺はみんなに、さっきまでの出来事を話して聞かせた。涅槃亭のこと、そこで開かれている説法会のこと、禅一さんと高仙さんの間に流れる冷えた空気のこと、妄信的なファンである栄子さんのこと、晶さんという美人納棺師のこと。

話を聞き終えた皆が口を揃えて言った。

「なんで皆道だけ修行っぽくないんだ」

「――だよなあ」

俺も皆といっしょに首を傾げるしかない。

陽元がちまちまと食べ進んでいた芋羊羹の残りを、えいやと口に放り込んだ。

「しかし、本当に仲が悪いよなあ、高仙さんと禅一さんて」

「まあ、禅一さんってあの通りの性格だしね」

源光の頷きに、定芯が首を左右に振る。

「どちらも素晴らしい先輩方だけどね。アプローチが違っていらっしゃるから。あれはもう、宗派の違いと言ってもいいんじゃないだろうか」

どんどん話が進んでいって焦る。

「いや、ちょっと待てよ。みんな、驚かないのか。あの二人が仲が悪いって聞いて」

「何を今さら言うんだよ。そんなの初日から一目瞭然だったろう」

気づいてなかったのは俺だけだったのか。

軽くショックを受けていると、定芯が俺を無視して話を進めた。

「そんなことより、驚きなのは高仙会の存在だね。見た目が派手なのはわかるけど、まさかそこまで沢山のファンがいるなんて」

「確かに。今回みたいな狂信的なファンが初めてじゃないっていうのも凄いよなあ。やっぱ男前は違うわ」

陽元が空を仰ぐ。

「でも僕があの人みたいな容姿だったら、ぜったい坊さんなんてやらずに芸能界入りするのに。ちょっとカリスマ性みたいなものもあるしさ。あの人の言うことなら聞かなきゃって思っちゃうような」

憂鬱そうに溜息をついた源光の言葉が、微かに引っかかる。

「なあ、おまえが脱走した時にいたあの小屋って、高仙さんにはっきり指示されて行った場所なんだよな」

「指示されたというか、困った時にはそういう場所があるって教えられただけ。代々、先輩の修行僧達が裏で継承してきたんだって」

「――でもそれって、そそのかされたのといっしょだよな」

源光が、少し困ったような顔をする。

「それはちょっと言葉が強いよ。前にも言ったけど高仙さんは、弱ってる僕を見かねて、あまりにも付いていけないようなら、他の道を考えても逃げじゃないって慰めてくれたんだ。過去にも、脱走して今は幸せにやってる先輩もいるって」

「――そういうの、普通そそのかすって言うだろ。金まで用意してさ」

陽元が俺の声に頷く。

「まあ、ある種の妖気というか、ちょっと得体の知れないところはある人だよな」

「俺、高仙さんって、裏で修行の抜け道を仕切ってるって以上に、すごい危ない人だって気がするんだ。源光や俺がうまく動かされたみたいに、今回の栄子さんにも、彼が巧妙に何かをけしかけてるとしたら？」

　俺の問いかけに、定芯が眉唾だという顔をする。

「あの人が、その栄子さんというファンに、自分が弥勒菩薩の生まれ変わりだと信じ込ませるような言動をしたってことか」

「ああ。禅一さんもそのことを疑ってるみたいだ。もちろん、何の証拠もないけどな」

「皆道、高仙さんはそんな愚かな真似をなさる方じゃないよ。あの方の仏教に関する知識といったら大学で教えられるレベルらしいし、水汲みの姿一つとっても、いかに真剣に修行に勤《いそ》しんで来られたかがわかるだろう」

「それなんだよな――」

　だからこそ、あの人は恐ろしいのだと言おうとしたが、定芯には上手く伝わらない気がして、会話が何となく途切れた。

　そろそろ夕方の読経がはじまるからと、定芯は張り切って俺たちを置いて寺へと駆け下りていく。

　陽元が、黙って考え込む俺を気遣った。

「高仙さんがそんなに危ない人間なら、貫首が説法会なんて開かせないさ。まあ、あまり心配しすぎるな」

「心配なんてしてないけどさ」

「いいや、皆道って実は優しい奴だからな。いつも自分より相手のことを考えてる。俺はわかってるぞ」

にかっと歯を見せて、陽元が笑う。

「何だよ、気持ち悪いな。言っておくけど、俺は源光と違って、カフェから菓子なんてくすねてこれないからな。禅一さんと一緒だし」

突き放すように答えると、陽元がさらに大きく口を開けて笑った。

「照れ屋だなあ、まったく」

裏山の背の高い木々の遥か向こうに、春のはっきりとしない空が覗いている。

高仙さんに対するもやもやとした疑念は晴れないまま、午後が過ぎていった。


雲版が鳴った。

作務衣から袈裟に着替え、無心寮の廊下に慌ただしく整列する。これから、夜の勤行がはじまるのだ。

これまで俺達と同じように部屋の前に整列していた定芯は、廊下の先、列の先頭に先輩僧侶と並び立ち、こちらにすっと伸びた背中を向けていた。

〝あいつ、張り切ってるな〟

〝顔が目に浮かぶよ〟

陽元と目配せし合う。源光は着替えに手間取って、今、廊下に出てきたところだ。息が上がっており、どたどたと近づいてきた先輩僧侶を見て縮み上がっている。

「遅い！　源光、貴様はいつまで見習い気分でいるんだ」

ぐいっと襟元を締め付けられ、源光が呻き声を漏らす。すかさず禅一さんが近づいてきて冷たく言い放った。

「源光、今夜の座禅は、皆の倍の時間行うように。真貞《しんてい》さん、そろそろ出発しなければ」

真貞さんと呼ばれた僧侶が乱暴に襟首を放ると、源光が派手に咳き込む。無理もない。襟が喉元に食い込むほどきつく締め上げられていたのだ。

要領がいいとは言えない源光は、あちこちで誰かしらから同様の目に遭っている。禅一さんが皆に聞こえるような大声で源光に罰を言いつけたのは、当たりの激しい先輩僧侶達から、源光の身を守るためなのだと今ならよくわかった。

禅一さんと目が合うと、短く告げられた。

「薬石が終わったら貫首のところへ行く。付いてこい」

「わかりました」

例の栄子さんについて相談するのだろう。

列の先頭で、定芯の読経が始まった。ぴんと張り詰めた声は昨日までの先輩殿司とは違って初々しく響く。この声を合図に、廊下に居並ぶ修行僧達が一斉に読経を始め、本堂へ向かって進んで行った。

素人の状態からお経をたたき込まれた陽元も、今ではどうにか読経しつつ歩いている。延々とお経を唱え続け、より太く、より響くようになっていった先輩達の声に自身の声が溶け合っていくと、永遠に抜け出せない無限回廊を足並みを揃えて歩いているような気になってくる。

俺は一体、どこへ向かっているんだろう。

寺の外にいても、内にいても、一向に明らかにならない自問を飽きもせずに繰り返し、廊下を歩いた。


薬石が終わり、座禅堂にて夜の座禅が始まるまでのほんの僅かな時間、円諦貫首、禅一さん、俺の三人が、貫首の部屋で膝をつき合わせている。

「それで、どういう様子だった？」

円諦貫首に尋ねられて、禅一さんが淡々と答えた。

「私の所感では、相手の女性はかなり高仙さんに執心しており、私や皆道、あるいは貫首からの説得にも耳を貸さないと思われます」

「ふむ。あれも罪つくりだねえ。それで、その女性は高仙を男として見ているの、それとも仏でも崇めるようなの」

「高仙さんのことを弥勒菩薩の化身、生まれ変わりだと信じ込んでいるようです。いや、むしろ信じ込まされているのではないかと」

座したまま目を閉じ、う～むと唸ったあとで、貫首がこちらに向けてかっと目を見開いた。

「わ！」思わず声を上げると、間髪を容れずに禅一さんが「こら！」と叱ってくる。

「皆道はどう思った？ 誰についてでも何についてでもいいから意見を聞かせて」

濁りのない瞳は、相変わらず圧が強い。

「俺は――」

ためらったあと、一気に告げた。

「俺も禅一さんと同じく、彼女に対して高仙さんが、何か力を行使しているような印象を受けました。栄子さんは、高仙さんが弥勒菩薩の化身かと尋ねても否定しなかったと言っていましたし。ノーじゃないからイエスって単純に彼女が思い込んだというよりは、高仙さんが積極的に彼女をそう思い込ませるよう、地味にコントロールしたんじゃないかって」

何も答えない二人を目の前に、さらに踏み込む。

「俺は、源光のことも、高仙さんが煽《あお》ったんじゃないかって思っています。もっとも源光本人には煽られたって自覚が全くないみたいだけど」

「ふむ」円諦貫首がにっこりと笑った。

「禅一、少し席を外してくれる？」

「しかし貫首」

「いいから」

強く言われて、禅一さんが不承不承といった様子で外へ出て行く。

貫首は、引き戸が閉まるなり切り込んできた。

「皆道って少し引いてるんだよね。そもそも、自分からも一歩引いちゃってるし」

「そ、そうですか？」

しかも、それって今する話ですか？

俺の疑問を感じ取っているに違いないのにきっぱりと無視して、貫首がつづける。

「どうして俺だけ変な修行を言い渡されたんだろう。そもそもこれって修行なのとか思ってるでしょう。でも、もうしばらく続けてみてよ。とことん引いて、高仙と禅一、祐子さん、それに栄子さん、源光に陽元にええと定芯だっけ？　みんなを観察してみたらいいよ」

「はあ」

今、貫首が定芯の名前だけ言い淀んだことを知ったら、定芯のやつはさぞ悲しむだろう。

「でも、観察するのが俺の修行、ですか」

「そうだよ。仏教が人に何をするのか、あるいは何もしないのか。とことん観てみるのもいいんじゃない？　皆道は仏教が信じられないと言ったけど、信じている人には彼らの理由があるわけだからさ」

「もしかして今回のことも、最初からトラブル対応じゃなく、人を観ることが修行ってことだったんですか」

「半分だけ当たってるかな。まあ、何かあったら、またここに報告に来てちょうだい。さ、そろそろ座禅の時間だよ。君はみんなに合流して」

にっこりと微笑む貫首に拝礼して部屋を辞したのと入れ替わりに、入り口傍に控えていた禅一さんに声が掛かる。

何だよ、半分だけ当たってるかなって。

右も左も、やたらとすっきりとしないことばかりだ。

座禅で空を目指すなど、いつにも増して虚しい努力に思える夜である。

＊

翌日も斎座を終えたあと、禅一さんといっしょに涅槃亭に赴いた。

「一日追い返されたからって諦めるような相手じゃなさそうだったからな。おそらく今日もくるだろうよ」

だが、昨日と同じように裏戸から涅槃亭に入ると、思わぬ光景が広がっていた。さすがの禅一さんも動きが止まってしまっている。

「すみませんが、何をしてらっしゃるんです」

感情を押し殺した声だったが、その分、隠しきれない怒りが滲んでいて怖い。

客席でくつろいでいた祐子さんは、「あれ」という顔のあと、慌てて立ち上がった。

「今日はいつもより早く会が開かれる日でもう終わってしまったのよ。てっきり今日は二人とも来られないんだとばかり思っていたのに——高仙さんから何も聞いてないの」

「聞いていませんが、むしろこの状況では小さな問題です。なぜ、あなたは栄子さんといっしょに談笑などしているのですか」

そうなのだ。なんと祐子さんは、事もあろうにぞっこんファンの栄子さんとテーブルにつき、親しい友人のように会話を交わしていたのである。

「だって、せっかく来ていただいたんだし。ほら、彼女もあなたたちと同じで、会の時間が早まったことを知らされていなくてね、ついさっき見えたのよ。外はこれから雨が降るって言うし。高仙さんはいないから実害はないし、まあちょっとお話ししてみたいなっていう気もあったし」

悪気のない様子の祐子さんに、禅一さんはほとんど噴火寸前の火山のごとく、ぶるぶると震えている。

とっさに、禅一さんの袈裟の袖を引いた。

「あの、立ったままでも座禅はできます」

ものすごい目で睨みつけられたが、取りあえず向こうのテーブルから矛先は逸れた。

湧いてくる感情に呑み込まれず、徹底的に観察する。座禅は感情をコントロールするには悪くない方法な気がする。

禅一さんがふうっと息を吐き、怒る男から、怒りを観察する男へと変わっていった。祐子さんが見計らったように声を掛けてくる。

「良かったらあなたたち二人もお茶していかない？　ほら、今流行《はや》ってるんでしょう、坊主カフェ」

くったくのない様子の祐子さんに対して、禅一さんは相変わらずの堅さだ。そこへ、栄子さんも畳みかけてきた。

「さっさと座りなさいよ。昨日はちゃんと、会に参加できる段取りをつけてくれたんでしょうねえ」

観念したように、禅一さんが二人からは離れたテーブルについた。

「ええ、貫首と話しました。そういうことなら、私とここにいる皆道立ち会いの下、高仙と栄子さん、お二人で話したほうがいいだろうとのご判断です。あとは高仙の了解を得るだけでしたが、本人が私に内緒で会の時間をずらすとはね」

すでに怒りをおさめたのか、淡々とした表情に戻っている。俺も禅一さんの傍に腰掛けると、祐子さんが立ち上がって厨房へと消えた。

「何よ、了解を得るって。高仙様が会いたがらないわけないじゃないの。どうせそんなこと言って邪魔してるんでしょ」

「私には邪魔立てする理由がありません。さっさと二人で解決していただき、修行に戻りたいくらいです」

「っていうか、いつ、貫首からそんな話があったんですか」

「昨日の夜だ。おまえが部屋を出たあと、詳しく話した」

なるほど。俺の修行は皆を観察することだが、禅一さんには本当にこの問題を解決するように指示しているらしい。

「それにしても、ここまで避けられるって、あんたって高仙様に見捨てられているのね。弥勒菩薩が見捨てるなんて余程よ。しっかり修行なさい」

栄子さんの上から目線に、禅一さんが大きく息を吐いた。

その後、昨日につづいて栄子さんを無理にタクシーに押し込めた後で、禅一さんの雷が祐子さんを直撃した。

「金輪際、勝手なことをしないでいただきたい。あんな得体の知れない相手と二人でお茶など」

「あら、心配掛けちゃってごめんなさいね。でも大丈夫よ。あの人、少し寂しいだけで、高仙さんのことがなければ楽しくていい人なんだもの」

「心配ではありません、呆れているのです。まったくあなたという人はどうしていつもそう──」

禅一さんがはっとしたように口を噤む。

「もう失礼する」

早足でその場を辞す背中を慌てて追いかけながら、祐子さんに挨拶をした。

俺達を見送るその顔に、いや、禅一さんを見送る顔に、何というか、微かどころではない違和感があり、店を出るなり尋ねてみた。

「あのう、禅一さんって、祐子さんとどういう関係なんです？」

さっきの会話といい、ここに来るといつもよりさらに硬化する禅一さんの態度といい、二人の間には、何かただならぬものが流れている気がする。

禅一さんの歩調が速くなった。

「くだらん質問をするな」

――ですよね。


座禅の時間は、己を空へと近づける時間。湧いてくる雑念をひたすら眺め、否定も肯定も固執もせず、手放していく。

というのはただの理想論で、常に寝不足と空腹に悩まされている身としては、睡魔との闘いがつづくのみだ。

すぐ隣でパンッと警策の鋭い音がして、源光が打たれたのだとわかる。

もっとも、警策で打たれても実はそれほどの痛みはなく、どちらかというとミントのように体がすうっとして、最近では心地よささえ感じることもある。

源光の打たれた音でまどろみから抜け出すと、今度は雑念が、湧き水かというくらい吹き出してきた。

禅一さんと祐子さんは一体どういう関係なのか、高仙さんは人か悪魔か、それともまさかほんとうに菩薩なのか、仏教とは一体何なのか、俺は一体何なのか、これからどうしたいのか、なぜこんなにも寄る辺ないのか。

そこまで考えて、己の進歩のなさにうんざりとさせられる。

この三光寺にやってきてからというもの、修行という名の下に僧侶型にくり抜かれたような規則正しい毎日を送ってきた。それは、強制的に煩悩を断ちきるような強烈な洗礼の日々でもあった。

それが突然、観察してみたら、などという変化球を与えられたせいか、久しぶりに答えなどあるのかもわからない自問まで湧いて来るようになったに違いない。

これは、開けないほうがいい箱だ。

慎重にそれらの自問を元の箱の中に押し込め、ずずっと押す。深い深い闇の底へ追いやろうと、危うい心の淵まで行って底の見えない穴へと押しやった。音もなく落下していく箱を縁から覗き込むと、はるか視界の先で暗がりへと呑み込まれていく。

ごくり、と喉が鳴った。

この穴の底には、何があるのだろう。そもそもここは、本当に心の淵なのか。いや、こんな光景は見たことがない。俺はいつの間に、こんな所へやって来たのだろう？

恐ろしくも、妙に懐かしさを感じさせる場所である。何やら穴そのものに手招きでもされたような気がして、よせばいいのに、もう一歩踏み出したところでびくんと体が派手に跳ねた。

——しまった、寝落ちした！

意識が座禅堂へと戻る。

すかさず背後に近づいてくる足音がし、パンという乾いた音が響いた。直後、いつもよりかなり強めのミント感が肩から体中に広がっていった。

修行僧が一堂に会する座禅堂での座禅が終わると、あとは個々人での修行が行われる。基本的には就寝前に無心寮の廊下で再び座禅、もしくは各宗派の経典の勉強会、人によっては禅宗の公案を解くなど、様々である。

座禅を組んだ振りをして居眠りしたいのは山々だったが、生憎、今日は円諦貫首に言いつけられた勉強会の日だ。他の新到達を残し、俺だけ無心寮を出て地蔵堂へと向かった。

明日は雨だろうか。そちこちのお堂から漏れる明かりが、湿り気を帯びた空気に滲んでどこか幻想的だ。御仏の慈悲が我々を照らすようですね、とか何とか、勉強会を主宰する念仁《ねんじん》さんなら言いそうである。

「帰って寝てえ」

山門を出て地蔵堂へ向かう途中、思わず呟いた。

その瞬間、草陰からさっと影が飛び出し腕を摑んでくる。

「うわ」

「しっ」相手が薄暗がりの中で、鼻の先に人差し指をあててみせた。

「高仙さん!?」

「ちょっとこちらへ」

地蔵堂の裏手へと俺を引っ張り込み、高仙さんは妖しい笑みを浮かべた。暗がりの中で光るような白い肌に、つやつやと赤い唇。もはや人ならぬものだと言われたほうがしっくりとくるような美しく、優しく、話のわかる、面倒見のいい先輩僧侶。一ヶ月前は、俺達新到全員がこの人に魅入られ、腑抜けたようになってしまったが、今はそう素直な目では見られない。

源光の脱走といい、ぞっこんファンといい、この人の周りには事件が多すぎる。

「な、何です」

身構えて尋ねると、高仙さんは微笑みを崩さぬまま答える。

「今日、いつもの時間に涅槃亭に来て貰ったそうですね。連絡したつもりでいたんですが、申し訳ありませんでした」

「謝罪のために現れたわけじゃないですよね」

「どうしてそう思うんです」

「高仙さんは、きな臭いからです」

俺の言葉に一瞬黙ったあと、高仙さんはにいと口の端を上げた。

「面白いことを言いますね。そう、私はきな臭いのですか」

「それで、何の用なんですか。勉強会に遅れるとまたどやされます」

「何、悪い話ではありませんよ。明日、面白いものを見せてあげようと思ってね」

きたきた。ほら、やっぱりきな臭いではないか。

「禅一にはもう告げましたが、私は例の彼女、栄子さんと明日会うつもりです。君達の立ち会いはいらないといっても聞かないだろうから、もちろん涅槃亭で場を設けてもらいましょう。ただ、せっかくですからね。ちょっと素敵なショーを催したいと思っているんですよ。明日、円諦貫首に呼ばれたといって、禅一より三十分ほど遅れて涅槃亭に来てくれませんか。きっと、面白いものが見られますよ」

「――俺が、はいそうですかって頷くと思うんですか。前回、あなたの言う通りにして酷い目に遭ったっていうのに」

「それじゃあ、君の大好きな賭けをしましょうか。私は皆道が早く行かないほうに賭けますよ」

俺の急所を正確に突いて、高仙さんはどうだいというように顎を軽くしゃくった。

賭け。

たった二文字の言葉で、俺の理性は痺れたように働かなくなる。

「賭けるって——何を」

やめろ、この人に乗せられるな。

「なあに、大したものじゃありませんよ。むしろ、君にとっては勝っても負けても損がない話です。もし、君が早く行かなければ私の勝ち。罰として君には危険を冒して競馬場へ行ってもらいます。だが、早く行ったら君の勝ち。来月のＧ１レースで好きな馬券を用意してあげましょう。どうかな、どちらにしても最高だと思いませんか」

「そんなの——寺の中にも外にも目が光ってるのに無理に決まってるじゃないですか。外を歩けばタクシーの運転手や駅員から、坊主が逃げたって連絡が入るんでしょう？　現に源光だって、キャバクラから連絡が来て脱走できなかったんだし」

「あれはアクシデントですよ。寄り道せずにそのまま逃げていたら、無事に今頃坊主バーで働けていたはずだった。もちろん、望めば君も一緒にね」

　穏やかな口調は、芯が冷えている。

　ちょうどいい、あのことを尋ねるなら今だ。

「前から聞こうと思ってたんですが。俺達が禅一さんに見つかったあの例の小屋、本当は代々裏で引き継がれたものでもなんでもないんじゃないですか。あれは高仙さんが個人的に使用していた小屋ですよね」

　複数の人間の使う場所が、あんなに整然と保たれるものだろうか。書籍やＤＶＤ、ちょっとした衣類や菓子類、そういうものが、バラバラの傾向を持って置かれないだろうか。たとえば部室のように、一人で使う部屋にはない賑やかさが、理屈ではなく存在するはずだ。

「だとしたら一体何だというんです」

「否定しないんですね」

　それだけならまだいい。勝手にすればいい。

「あの場所に源光がいるって寺側にチクったの、高仙さんじゃないんですか」

　再び、高仙さんが機嫌よさそうに笑った。

「君と話していると飽きないですね。だがあの小屋は、本当に裏で引き継いできた場所ですよ。あまり使える時間のある人間はいないから、私の私物が多いというだけです。それと、私が告げ口をしたとして、何の得があるんです？　私は、心から君たちに仏教から自由になってほしかったというのに」

「それは、わかりません」

痛い所を突かれて黙ったが、高仙さんが源光の居場所を禅一さんに漏らしたのだという確信は消えない。むしろ、本人と対峙して強くなったくらいだ。

高仙さんがくすくすと笑った。

「ねえ、御仏の世界があるとして、そこは本当に極楽だと思いますか？　悟ることは、いいことなんでしょうか」

「何が言いたいんです」

「悟りとは、永遠の中に閉じ込められることだとしたら？　もしも私が、本当に弥勒菩薩だとしたら、その完全な世界とやらに、随分と倦《う》むんじゃないかと思うんですよ。そうして、ほんの少し波紋を起こしてみたくなるんじゃないかな。幸いにも、ちょうど下界に、人という恰好の相手がいる。彼らは弱さや醜さをほんの少し刺激してやるだけで、面白いようにじたばたともがき出す。素晴らしい余興じゃないですか」

「つまりあなたは、退屈しのぎに俺や源光をそそのかして楽しんだんですか」

「嫌だなあ。もしも私が弥勒菩薩だったらという、他愛もない想像の話ですよ」

ただ、楽しみたかっただけ。俺達の欲望に餌を与え、モルモットを操るように動かし、遊んでいただけ。

それが、俺と源光をけしかけた理由だったのだ。

この人は、本当に悪魔なんじゃないのか。そういえば、キリスト教の悪魔は、天から堕ちた天使で、見目麗しいのではなかったか。どんな人間も魔が差すほどに。

「俺は明日、予定通りの時間に涅槃亭に行きます。あなたの賭けには乗らない」

競馬への欲望を引き剝がすようにして誘いを断ると、身を翻《ひるがえ》して高仙さんから遠ざかる。

「禅一の秘密を知りたいと思わないの」

高仙さんの声が追いかけてきた。

誘惑に耳を貸すな。あの人は、俺を弄《もてあそ》んで楽しんでいるだけだ。

抗える自信などほんの少しも持てないまま、さらに歩調を速める。

薄暗がりを出て地蔵堂から漏れる明かりを目にした瞬間、ほっと力が抜けた。

急いでお堂の引き戸を開け、中へと足を踏み入れる。

先輩修行僧達でも誰でもいい。高仙さん以外の人間の顔を見たかった。

その夜、自分でも信じられないことだが、俺は無心寮の廊下に結跏趺坐し、自らの睡眠時間を削って座禅を組んだ。

仏教の開祖であるお釈迦様はガンジス川のほとり、菩提樹の木の下で結跏趺坐し、悪魔ナムチとの戦いに打ち勝って仏陀（目覚めた人）になられたという。

今夜、俺の中のナムチは、高仙さんだ。

馬券はいらない。競馬場には行かない。競馬場でのみ訪れるあの生きているという強烈な実感は、もしかして悪魔の果実なのかもしれない。

いや待て。なぜ俺は、競馬を拒もうとしているんだ。これじゃまるで、そこいらの修行僧だ。もちろん俺はそこいらの修行僧なのだが。

慣れない自主座禅など組んだせいか、思考の客観視どころか思考自体に取り込まれ、俺が思考で思考が俺で、そもそも自分が何のためにこうしているのかもわからなくなってくる。

やめろ。呑み込まれるな。

呼吸に意識を集中し、吸うことと吐くことを区別せず、円を描くように滑らかに行う。

途中、源光が東司のために部屋から出てきて、俺の姿に気がつくと小さく飛び跳ねた。

「定芯ならまだしも、皆道が夜中に座禅ってどういうこと」

「別に、ただ寝付けないだけだよ」

「ふうん」

薄暗がりの中に、疑わしい目つきをした源光の姿が浮かび上がる。

「ねえ、もしかしてさ。高仙さんに何か言われてる？」

「べ、別に」

わかりやすく、どもってしまった。

「やっぱりね。あの人に関わるのって良くないよ。あの人少し、変だ。僕、今になってみると、自分がどうして脱走しようなんて思ったのかよくわからないんだ。まるで熱に浮かされたみたいになってさ、どうしてもそうしなくちゃ、なんて思い詰めたのって、あの人が近づいてきてからな気がする」

「うん、気を付けるよ」

答えたものの、俺の顔は、さぞ引きつっているだろう。

「ほんと、そうしたほうがいいよ」

東司、と短く宣言すると、源光はそそくさと去っていった。

しばらくして源光が戻ってきても、俺はまだ結跏趺坐したままだったが、奴はもう話し掛けてくることはせずに部屋へと入って行った。

俺はと言えば、思考は相変わらず解きほぐせず、雑念は広がるばかりで収まる気配がない。

面白いものが見られますよ。

高仙さんの声が、耳の奥でからかうように甦る。

真っ赤な薔薇《ばら》の花びらが散る中、高仙さんの言葉が浮かんできたのが最後の記憶で、振鈴のけたたましい音が響くまで、俺は畳の上に突っ伏し、だらしなく涎《よだれ》を垂らして眠りこけていた。

*

眠気が眉間の奥にいつまでも居座っている。

朝の読経をいくつか読み飛ばしそうになり、地獄耳の禅一さんに聞き咎められて久しぶりに本堂の外へと引きずり出された。

「そんな腑抜けた態度をつづけるなら、おまえにも荒行堂に行ってもらうぞ」

「いやだなあ、禅一さん。ちょっと目覚めが悪かっただけですよ。作務はきちんとやりますから」

へらへらと笑う俺に慈悲の欠片《かけら》も感じられない眼差しを向けたあと、禅一さんが「読経に戻れ。今日、斎座のあとで山門で待つ」と決闘のように告げてくる。

禅一さんに活を入れられたおかげで何とか眠気は覚めたが、大きな問題が再び立ちふさがった。

俺は今日、指定された時間通りに行くのか、それとも遅れていくのか。つまり、高仙さんの賭けにのるかそるか。

もちろん、あんな怪しげな賭けの誘いに乗ったら、今度はどんな目に遭わされるかわからない。脱走の時みたいに罠をしかけられて、教育係である禅一さんが今度こそ命であがなうと騒ぎそうな事態にだって発展しかねない。

だが、馬だ。俺の心を惑わせるのは、馬が駆けるあの姿なのだ。

高仙さんの言う通りにすれば、競馬に行ける。来月五月は府中でのGⅠレースがつづく。NHKマイルカップ、ヴィクトリアマイル、オークス、日本ダービー、安田記念。考えただけで失禁しそうなほど心身が打ち震える。

一度賭け事で勝った人間は、もう快楽を他では得られなくなるという。勝ってはいないが、俺も、ひょっとしてもう手遅れなのではないかと思う。俺が行くべき場所こそ、寺ではなく病院なのではないか。

皆で行う水汲みの作務を終え、源光は典座、陽元は三応、定芯は殿司の作務へと向かっていった。俺は涅槃亭へ行くまで他にやることもないから、皆より多く水汲みをつづけることになっている。

当初よりは慣れたが、慢性的な栄養不足と睡眠不足、長時間の座禅で足腰には疲労が蓄積し、体重も確実に減っている。頰は削げ、だらしなくなりつつあった腹回りもすっきりとしてきた。

「精が出るねえ」

「円諦貫首!?」

背後から声を掛けられて斜面の下へと目を向けると、俺と同じようにポリタンクをぶら下げた円諦貫首がいた。

「どうしたんです」

「ん、たまたまお堂の裏を歩いてたら、麓にポリタンクが並んでいるのを見つけてね。何だか懐かしくなっちゃったわけ」

「円諦貫首も水汲みをしてたんですか」

俺と横並びに歩き出した貫首に問うと、「はっはっは」と笑う。

「私じゃなくてね、君のお父さんだよ」

「親父ですか」

知らずに苦々しい口調になる。期せずして親子で同じ山を登り、同じ湧き水を汲んでいたとは。

「お父さんのことが苦手なの」

「苦手というか、相容れないだけです」

「へえ、仏教と同じように？」

「貫首――」

「君は仏教が嫌いなの、それとも、お父上が嫌いなの。なぜ、いつから嫌いなの」

歩みを止めて貫首が子供のように澄んだ眼差しを向けてくる。

「君のお父さんはとても大きな過ちを犯した。だが、親も過ちを犯す。君がこれから過ちを犯すようにね」

「何の話です」

どきりとして後ずさったが、貫首は答えない。

「囚われずに、手放してみたらどう。一生同じ熱量でつづく怒りなんてあると思うの？」

「それは、公案的な何かですか」

「公案は、悟りのための思考の体操。今君に言ったことは、年寄りの戯言《たわごと》」

「はあ」

木々が鮮やかに芽吹く山道を登りながら、円諦貫首は、この寺での親父のことを話してくれた。

親父が托鉢に出て空腹に負け、つまみ食いをしてしまったこと。同じ新到と脱走を試みて、一晩中、円諦貫首とともに荒行堂で座禅を組まされたこと。俺が産まれた時の葉書に「仏を授かりました」と一言添えてあったこと。母さんが亡くなった時、俺を放って寺にやってきて荒行堂に籠もったこと。

「親父、母さんの仏事が済んだ後、ここに来てたんですか」

「そう。三日間は黙って荒行をさせたけど、いつまでもめそめそとしているから、子供を放って何をやっていると追い返したけどね」

あの頃、父は荒れ、外で飲み歩いていたらしいから、三光寺に来ていたことなどわからなかった。そもそも、母さんが死んだ前後の記憶は、粗い断片の組み合わせで、かなり精度が低い。

「とにかく、我々はこの木々のようにあるがままとは中々いかない。煩悩だらけ、過ちだらけだ。わかっていても、抗えない流れというのもあるのだろう」

やがて水汲み場に到着すると、水をいっぱいに満たしたポリタンクへと円諦貫首が手を伸ばし、何でもないことのようにひょいと手にぶら下げた。

「だけど、鍛錬すれば、私のような爺でも、こうやって水がいっぱいのポリタンクを軽く担げたりもするわけ。もちろん、心だって鍛錬はできるんだよ。仏教は毒にも薬にもなる。他のすべての宗教がそうであるようにね」

もう一つのポリタンクに水を満たし、円諦貫首のように持とうとしたが、右肩からずっしりと負荷がかかり、とても貫首のように平行な姿勢を保って歩くことができない。

「なんだ、遅いねえ。それじゃあ、先に降りてるねえ」

貫首は空いているほうの手で俺に手を振ると、高齢とは思えない若々しい足取りでどんどん山道を下っていった。

「妖怪かよ、あの人は」

俺はよたよたとその後を追おうとしたがすぐに諦め、目に染みるような新緑を前に、しばらく立ち尽くしていた。

三十分遅れて行くのか、行かないのか。未だ、それが問題だった。


結局、心を決めきれないまままずるずると時間が過ぎ、午後の作務の時間になった。

そうしていざ、山門で待つ禅一さんに、俺が告げた言葉ときたら。

涅槃亭へと向かう道の途中で、しゃがみこんで頭を抱えたくなる。

『円諦貫首に呼ばれたので、三十分ほど遅れます』

別に今が初めてのことではないが、俺は、俺に失望した。修行をしたところで、一向に鍛錬の成果が現れない心の弱さよ。

それでも、この目で馬が駆けるレースを見たい。新聞紙を振り回しながら、声を嗄らして叫びたいという欲を消しきることができない。俺は、やはり手遅れなのかもしれない。

涅槃亭に到着したら、いつもの裏戸ではなく、壁に沿って横手に回ったもう一つの裏口から、そっと中に入れと言われている。高仙さんの言葉通り、網戸のついたその出入り口には鍵がかかっていなかった。風除室から、さらに扉を開けて中に入ると食料庫になっており、店内と食料庫を隔てる木戸の一部がくりぬかれてガラスがはめ込んであった。そこから、息を潜めて中を見渡したが、誰の姿も見当たらない。首を妙な角度に捻ってみると、ようやく禅一さんの姿を捉えることができた。

何やってんだ、あの人。

厨房に立ち、何かに顔を埋めているらしい。

今の自分の格好も大概なのだが、禅一さんの様子もかなり怪しかった。

よくよく見ると、禅一さんが顔を埋めるように抱きすくめているのは、布、いや、あれは色合いからして祐子さんの割烹着なのではないだろうか。

「ああ」

ぱっと割烹着から顔を上げ、禅一さんが切なげに呻く。深く布の香りを吸い込んだらしく、薄い肩が大きく上下した。

これは一体、どういう状況なのだろう。今のが、高仙さんの言っていた、ちょっとしたショーとやらなのか？

耳の奥で、高仙さんのあざ笑う声が響く。

どうです？　なかなかの見世物だと思いませんか。あの堅物が、自分より三十歳は年上の祐子さんに懸想《けそう》しているのですよ。

——まさか。

だが、改めて禅一さんを見つめてみると、まとっている空気は、確かに恋に身を焦がす愚かな若者そのものである。

尽きせぬ煩悩、堪らず懊悩。

動揺のあまり、おかしなセンテンスが浮かんでくる。いっそ、坊主ラッパーにでもなってやろうか。

食料庫をそっと後ずさると、静かに涅槃亭の裏口を出た。

何てことだよ。何を見ちゃったんだよ、俺は。

ちょうど通りかかった猫が立ち止まって顔を洗い始め、同時に、ぽつりぽつりと頬に雨粒が当たる。

葉擦れの音に混じって雨の降る柔らかな音がさああっと響き、乾いた道をしっとりと濡らしていった。

三十分遅れで涅槃亭に舞い戻ると、高仙さんと禅一さん、それに栄子さんは既に揃っていた。

まだ混乱を抱えたまま傘をビニール袋に入れ、急いで店内へと入る。

「いらっしゃい、皆道さん」

祐子さんが先ほど禅一さんのいた厨房に立って例の割烹着を身につけ、何も知らずに微笑んでいる。

「遅いぞ」

不機嫌そうに告げる禅一さんの顔をまともに見られず、「すみません」と俯いたまま小さく告げた。

高仙さんの漏らした小さな笑い声が耳についたが、やはり顔を上げられない。

空いていた栄子さんの隣に腰掛けると、祐子さんがほうじ茶を運んできてくれた。

禅一さんがじれたように口を開く。

「それで、三光寺としては、高仙は弥勒菩薩の生まれ変わりではないという立場をはっきりとさせ、もう栄子さんが過剰なつきまといをしないという念書をいただきたいのですが」

「はい、それで結構ですよ」

あっさりと栄子さんが隣で頷く。

「はい!?　それで結構ですよって、本気なんですか」

「だからそう言ったじゃないの」

「はあ」キツネにつままれたような気分で、俺も禅一さんも栄子さんを見つめる。

昨日まであれほど高仙さんのことを弥勒菩薩だと妄信していたはずの彼女が、今はまるでまともな女性みたいに取り澄ましている。

「だから言ったでしょう。私だけで何とかできるって。何もわざわざ禅一や皆道の二人が出てくることもなかったんです」

「二人とも、もう安心してちょうだい。私がバカだった。これからは何が真実かを見極めて生きていきます」

「栄子さんには、弥勒三部経を差し上げたんですよ」

「ええ、毎日唱えます」

うっとりとした目で栄子さんが頷く。

一体、何をどうやって説得したら、あれほど頑なだった栄子さんを懐柔できるのだろう。

そもそも、懐柔できたのだろうか。彼女から感じる不穏な情熱は相変わらず相当のものだし、高仙さんを見つめる目つきには一切の迷いがない。

高仙さんに詳しく尋ねたかったが、どうせはんなりとした笑みではぐらかすに決まっている。

それに、俺は賭けに負けた身だ。ここの食料庫で見た光景についてあの人と話すのは気が重かった。いずれは話さなければならないだろうが、できるだけ先延ばしにしていたい。

祐子さんが厨房を出て、大きめの急須を運んでくるのが見えた。心配そうな表情をこちらに向けている。

「それじゃ、念書に署名をお願いします」

禅一さんが、どこか腑に落ちない表情のまま、真新しいプリント用紙を栄子さんに差し出した。彼女がすらすらと文言を読み上げていく。

『私、澤田栄子は、高仙が修行僧であり、弥勒菩薩の生まれ変わりではないことを認め、今後一切付きまとい行為をしないことを誓います』

「ご丁寧な用紙だこと」

栄子さんが可笑しくて堪らないという様子で肩を揺すったあと、禅一さんからボールペンを受け取ってさらさらと署名した。

意外にも、止め、はね、角のしっかりとした生真面目そうな字だ。

「それでは確かに。今回はこれでおしまいですが、次回も同様のふるまいが認められた場合、三光寺としてはしかるべき手段を講じるつもりでおりますので、お気を付けください」

「禅一、失礼ですよ」

高仙さんが割って入る。

「ほんとに。私は目が醒めたのよ」

「それじゃ、私が栄子さんを駅までお送りしてきますから、二人は先に寺に戻ってください。今回は面倒をかけましたね」

そんなことは毛ほども思っていなそうな顔で微笑んだあと、高仙さんは立ち上がって出入り口へと向かった。栄子さんも後につづいたが、三歩どころか、五歩も六歩も後ろを付いて行く。

「寺から接近禁止令でも出したんですか」

「まさか。第一、そんな権限はない」

それはそうだ。

出入り口まで二人を見送ったが、栄子さんは高仙さんからたっぷり五メートルは離れたままである。

何となく胸の辺りが落ち着かなくて、気がつくと栄子さんを追いかけていた。

「あの、離れすぎじゃないですか」

きょとんとして首を傾げると、栄子さんが告げた。

「私がこれ以上お傍に付きまとったら、修行の妨げになるじゃないの」

「随分と殊勝ですね。一体、高仙さんに何を言われたんです」

少し先を行く高仙さんには聞こえないよう、小声で尋ねる。

「それは、私たちの秘密よ。どうせ今にわかるけどね」

意味深な言葉を残して、栄子さんが少し歩調を速めた。

——どうせ今にわかる？

やはり高仙さんは、ただ栄子さんを懐柔したわけではないのだ。きな臭さがはっきりとぼやくらいにまで感じられ、たまらず空を仰いだ。

どこもかしも、俺の手には負えないことばかりだ。仏教が人に何を成すのかこの目でよく見ろと円諦貫首はおっしゃった。だが、目をこらすほど、見えにくくなることだらけである。

「帰るぞ、皆道」

振り返ると、禅一さんが涅槃亭に置いてきた傘をこちらに向けて差し出していた。

「あの、もう行くんですか」

受け取った傘を広げながら尋ねる。

もう少し、祐子さんといっしょに過ごしたくはならないんですか。

そう尋ねたら、この人はどんな顔をするだろう。

「何だ。物言いたげな顔だな。何かあるなら、はっきりと言え」

「――いえ、特には」

俺はきっと、禅一さんが最も覗かれたくない場所、もしかしてあの人自身でも蓋をしている姿を盗み見てしまったのだ。

そのことは、嫌悪や優越感ではなく、後悔と引け目を俺の中で生み、膿み、憂み、生きることのままならなさに対して、やはり仏教など無力ではないかと天に向かってののしりたくなる。

「これが食料庫に落ちていた」

隣で歩く禅一さんが、俺に向かって小さな赤い袋を差し出してきた。婆の持たせて寄越したお守りだった。

弾かれたように顔を上げると、禅一さんが初めて見る昏い目をしていた。

「あの人は、俺の母親だ」

「え」

細かな雨が、俺と禅一さんの間に音もなく降り注ぐ。太陽の下では目に痛いほど鮮やかだった山々の新緑が、にわかに深みを増し、緑の洪水になって眼前に迫ってくる。

「血はつながっていない。いっそ、つながっていたらと――」

口を噤んだ禅一さんは、すでに今の発言を後悔している。

あれほどの荒行に取り組んでも、なお消しがたい煩悩を抱えて人は生きる。仏陀が悟りを開き、そこへ到る道を示してから二千五百年もの間、誰一人として輪廻《りんね》の輪から抜け出せずに永遠の空回りをつづけている。

禅一さんが、袈裟を雨に打たせたまま、大股で歩き出した。

その後を小走りで追いながら、俺はもしかして、この人のことを嫌いではないかもしれないと思い始めていた。

第三章

瞋《しん》

数多の煩悩の中で最も人を苦しめるという三つの煩悩（三毒）のうちの一つ。自己中心的な理由で怒ること。

警策で叩かれ、ぱっと意識が戻ると夏になっていた。サウナにいるような蒸し暑さの中、座禅している自分に気がついてやや頭が混乱する。

——今のは夢か。

つい今しがたまで現実だと信じていた世界では、新緑の府中競馬場を三歳馬たちが力強く駆け抜けていったところだった。

雲版の音が鳴り、朝の座禅の終わりを告げる。少しは慣れたが、それでも一炷香《いっちゅうこう》、つまり線香一本が燃え尽きるまでの約四十五分もの間、結跏趺坐をつづけた後は脚の感覚がなくなり、立ち上がってもすぐにはまともに歩き出せない。

無駄のない所作で袈裟の裾をさばきながら黙々と無心寮へと戻る先輩僧侶のあとから、俺達新到がよたよたとつづく。

エアコンのない寺は、全ての窓を開け放していても空気そのものが湯のようで、廊下を歩きながら汗がとめどなく流れていく。

少し前を高仙さんが歩いている。ちらりと俺のほうを振り返って、不敵な笑みを浮かべてくるから、そっと無視してやった。

春、件の賭けに負けた俺は、図らずも、禅一さんの成就し得ない恋について覗き見してしまった。以来、高仙さんは何かにつけて競馬をダシに俺を堕落させようと誘惑してくる。判で押したような修行の日々が退屈だから、俺みたいな心弱い新到を惑わせて楽しもうという腹なのである。彼にしてみたら、神々の遊びに近い感覚なのだろうが、こちらはたまったものではない。

これまでのところ辛うじて断りつづけているが、いつ陥落しないとも限らない心弱い俺である。

なるべく足音を立てずに、無駄なく、流れるように。同じ新到でも、定芯は、足の指先にまで無意識に気を張って歩いているらしいが、俺などはどう頑張ってもパタパタと音が鳴る。高仙さんのすぐ後ろを歩いている禅一さんがこちらを振り返って「静かに歩け」と眉間に皺を寄せた。

無心寮の部屋に戻るなり、陽元が首を傾げながら尋ねてきた。

「それにしても、円諦貫首が俺達二人を呼び出すって何なんだろうな」

「さあ。貫首も何を考えてるかわからないところがあるから」

今日はこれから、二人して貫首の部屋へと赴くことになっているのだ。また何か、厄介なことを修行として言い渡されるのではないだろうか。

「もしかして、俺達が薪作務のたびにサボってるのがバレたとか」

「いや、それはないと思う。あれは代々の薪作務係に与えられている褒美で、貫首も見て見ぬふりをしているそうだよ」

定芯が話に割って入る。彼は今、源光といっしょに若者の仏教離れを考える会とかいう会合に参加しており、この粗食生活でも肌はつやつや、瞳は潑剌と輝いている。源光も、相変わらず文句をたれつつ、他の寺の若い僧侶たちと話せる課外活動を楽しんでいるらしい。

その源光がからかうように言った。

「それじゃ、陽元が和菓子を食べまくっている件じゃないの」

「それは源光だって同罪だろう。第一、くすねてるのは典座係のおまえだし」

「それもそうか」

気楽な顔で笑う源光には、もう寺から脱走しようとした頃のような逼迫感《ひっぱくかん》はない。

陽元がそわそわし出した。

「なんか俺、緊張してトイレに行きたくなってきた」

「ほんとにトイレの回数が多い奴だなあ。早く行ってこいよ」

大方サボっているのだろうが、最近の陽元はしょっちゅう東司に席を立つ。急いで部屋を出ていく陽元の背中を見送りながら、そっと溜息をついた。

ぞっこんファン事件が一応片付き、じめじめとした梅雨を乗り切ったと思ったら、うだるような暑さに見舞われ、また一波乱ありそうな予感がする。

東司から戻ってきた陽元と連れだって本堂へと移動し、長い廊下をぐるりと回りこんで、ようやく貫首の部屋へと辿り着いた。

「円諦貫首、皆道と陽元です」

戸口から呼びかけると「ああ、入って」と相変わらず気さくな声が応じた。

部屋の中へと足を踏み入れると、丸窓の向こうには青々と茂った竹林が揺れている。

「ちょっと座って。今、禅一も来るから」

「禅一さんも？」

血のつながっていない母親に懸想しているという禅一さんの秘密について、それ以上詳しく踏み込むことはしていない。禅一さんも、あの日以来、口にすることはない。

だが、時々どうしても考えてしまう。仏教は、彼をどれくらい救っているのだろうかと。

「円諦貫首、禅一です」

「ああ、入って」

戸が開いた気配がし、少しも足音をたてずに禅一さんが俺達の横に並ぶ。

「さて、と。三人揃ったね。さっそく本題に入りたいんだけどいい？」

背中に、嫌な具合に力が入った。

「実は知り合いのお寺でご住職が入院してしまってね。三人にはしばらく、お葬式の手伝いをしてほしいんだよね。臨済宗のお寺だから皆道や陽元はよく事前に擦り合わせをしてから手伝ってくれる？　禅一は大丈夫だよね」

「はい。もう何度か手伝っていますから」

円諦貫首が頷く。

「この夏は暑いからね。一日、二組は葬式が出る。熱中症にならないように水分を摂って頑張って」

微笑んだ円諦貫首に、陽元が当惑の面持ちで尋ねる。

「あのう、私《わたくし》、三応係の作務はどうすればいいんでしょう」

「あ、それは今まで通り、隆昌《りゅうしょう》と法念《ほうねん》の二人でやってもらうよう話は通してあるからさ。君はこっちに合流してもらえる？」

「わかりました」

「それじゃ、これから一人一人と話すから、まずは皆道が少し残って。あとの二人は廊下で待っててくれる？」

円諦貫首の言葉に、二人が拝礼して静かに出ていった。

俺と向き合った途端、貫首が、小さくくしゃみをする。

「相変わらず噂の男らしいね」

鼻の下をこすると、貫首が改めてこちらに向き直った。

「さて、今回はちょっと皆道にお願いがあるんだよね。陽元のこと、特に注意して見ててくれないだろうか」

「禅一さんじゃなくてですか？」

思わず尋ね返した俺に、円諦貫首が面白そうな顔をする。

「どう。春から目をこらしてみて、見えてきたものはある？」

ゆるゆると首を横に振ってから答える。

「貫首、禅一さんにとって仏教って何なんですかね。仏教は彼にとって救いなんですか、それとも重しなんでしょうか。俺、誰よりも修行熱心なあの人が全然幸せそうに見えないのが釈然としないっていうか」

円諦貫首がくすりと笑う。

「君って言いづらいこと言うよね。でもさ、禅一から修行を取ったら何が残ると思う？」

澄んだ目で問いかけられ、はてと首を傾げてしまう。

貫首は再び笑むと、意外なことを告げた。

「君たちは、案外、似たもの同士かもしれないよ」

「俺達が？　いや、ないです、ないです」

あの堅物と自分の間に、相違点なら山ほど見つかるが、共通点など一つも見当たらない。

「とにかく、二人を頼んだよ。何か異変を感じたらすぐに知らせて。じゃあ、次は陽元を呼んでくれる？」

「はあ」

拝礼を済ませて部屋を辞し、陽元に入室するよう告げると、壁を見つめて直立している禅一さんの隣に並ぶ。

しんとした時間が気づまりになったわけでもないが、尋ねてみたくなった。

「禅一さん、俺と禅一さんって似たもの同士だと思いますか」

「暑さで頭がやられたのか」

――ですよね。

蟬の声が、寺の壁にも染みいる夏である。

真っ青な空に積乱雲の白が眩しいほどだ。逗子海岸には海の家が建ち並び、若者達は人生を謳歌している。

一方の禅一さん、陽元、俺の三坊主は、夏用とはいえ黒い袈裟の重ね着に身を包み、網代笠の下で顔面を汗だらけにしながら、とある民家へと向かっていた。

「なんでセレモニーホールじゃなく民家なんですか。てっきり読経して帰ってくるのかと思っていたのに」

「納棺からそのままお通夜になる。さっきの流れを忘れるなよ」

「ういっす」

ビーチに寝そべるビキニ姿の三人連れに目を奪われ、つい、返事の仕方を間違えた。我に返って禅一さんのほうへ顔を向けると、氷よりも冷たい眼差しに捕まる。

「すみませんでした」

「次はないと思え」

しかしあなたは、ああいう水着の女たちより、割烹着姿の祐子さんがいいんですよね。

俺の無言の呟きが聞こえたかのように、禅一さんの顔が噴火寸前に赤黒くなっていく。

「あ、いえ、何も反抗的なことを考えていたわけじゃ」

「違う、おまえじゃない。陽元、一体何をやっている」

反対隣の陽元を見上げると、つま先歩きでおろおろとしていた。

「す、すみません。ちょっとそこのスーパーで東司に行ってもいいでしょうか」

「早く済ませて来い」

「申し訳ありません！」

「貴様ら二人ともたるみきってるな。そんな平和もこれから吹き飛ぶぞ」

禅一さんが憂鬱そうな顔をする。

「どういうことです」

陽元が急ぎ戻ってきたのを確かめてから、禅一さんが暗澹《あんたん》とした表情で告げた。

「今日のお通夜は、この春大学を出たばかりの女性のものだ。詳しい病名は聞かされていないが、ご遺族の悲しみは深い。心して勤めるように」

「大学を出たて、ですか」

陽元の口元が引き締まった。

初回から随分と辛い場に立ち会うことになったものだ。確かに盛夏や真冬、そして厳しい寒さが緩む春先は葬儀が多いのだが、そのほとんどは天寿を全うしたと言っても差し支えのないお年寄りのものだ。

二十代の若い女性の葬儀は、俺もこれが初めてである。

二四六号線から山側へ道を入り、瀟洒な住宅街の細い道を幾度か折れた先に忌中札の出ている民家があった。

「あのお宅だな」

玄関チャイムを押すと、喪服に身を包んだ中年女性が迎え入れてくれる。

母親だろうか。他人の俺でも胸を突かれるほどの憔悴ぶりだが、それでも気丈に頭を下げてきた。

「本日はどうぞよろしくお願いいたします」

「この度は真にご愁傷様でした」

夫人の後ろに控えていた一組の男女が、あとを引き取る。

「奥様、私達が手配いたしますので中へ」

「はい、それでは後ほど。ごめんくださいませ」

夫人が奥へと姿を消した。

家の中はしんと静まりかえっているが、人の気配だけは濃密に漂っている。

男女のうちの女性のほうが、禅一さんに向かって尋ねた。因みに、ちょっと見かけないほどのどえらい美人だが、顔馴染みのあの人――晶さんである。

「禅一さん、皆道くん、今日はよろしくお願いします。そちらも新到さん？」

「そうです。皆道と同期で、陽元と申します。今日は勉強をさせていただきます」

禅一さんが、俺達を軽く振り返る。

「こちらは丸茂《まるも》葬儀社の納棺師で晶さんと担当の長岡《ながおか》さんだ」

「よろしくお願いいたします」

長岡さんのほうは丁寧に頭を下げたが、晶さんは俺と陽元を値踏みするように見たあとで、にべもなく告げた。

「自信がないようなら心だけ込めて口パクしててね」

晶さんと初対面の陽元は、美貌と毒舌に面喰らったのか今から口をパクパクさせている。

履き物を脱ぎ揃えた後、晶さんのほっそりとした両脚を追って、家の奥へと案内されるまま入っていった。

仏間には、むせるほど供花の香りが満ちており、袈裟を着ていてもやや肌寒く感じるほど冷房が利いている。真夏のご遺体だ。葬儀屋から普段より強めに設定するよう指導を受けたのかもしれない。

ごく近しい人間だけが集まったのだろう。仏間には十名ほどの老若男女がおり、皆、一様に重苦しい表情を浮かべていた。父親とおぼしき人物は、布団のすぐ脇に真っ赤な目をして居座り、じっとご遺体を見つめている。

「お父様、これから枕勤めが始まりますので」

長岡さんが声を掛けると、父親が力なく頷いて後ろに退く。近頃は省略されることも多くなったが、枕勤めとは、人が亡くなった時の最初の仏事であり、仏の御許へと滞りなく向かえるよう、枕元で読経を行って見送る儀式である。

納棺師の晶さんが控えているということは、枕経のすぐあとで納棺が行われるのか。確かに、真夏の仏事は菩提寺の都合にもよるが長引かせないほうがいい。

禅一さんが枕元に座し、俺と陽元がやや後ろに並んで控えた。

一連の儀式のあとに、観音経の読経が始まるとすぐに、すすり泣きの声が遺族の間から漏れ聞こえてきた。

俺はどうも、この手の儀式が苦手だ。さすがにもう母さんの時のことが夢に出ることはないが、今でもこうした場にくると胸の奥が鈍く疼き、読経することの意味を自問してしまう。

重い気持ちのまま読経をつづけていると、目の端に陽元の手元が見えた。経典をめくっているのだが、極端に震えている。

枕勤めを終えて、納棺式がはじまる直前になっても、その震えは止まる様子がなかった。

「おい、大丈夫か」

落ち着きなくトイレに立とうとする陽元に小声で尋ねると、いつになく青い顔をして頷く。

「具合でも悪いんじゃないのか」

「ああ、少し。ほら、クーラーも利いてるしな」
場所がら笑ってみせるわけにもいかないからか、口元を歪ませると、東司へと向かってしまった。

「あいつ、大丈夫ですかね」
ぼそぼそと禅一さんに尋ねたが「気を散らすな」と短い答えが返ってきただけだった。

「それではこれより、納棺式を始めさせていただきます」
厳かに宣言したあと、晶さんがご遺体のそばに座って手を合わせ、遺族に向かって丁寧に頭を下げた。

病院ですでにご遺体へのケアは済んでいるのだろう。あとは粛々と、遺族とともに着せ替えが行われ、死化粧が施されていく。打ち覆いの下から現れたのは、睫毛の長い整った顔立ちの女性だ。すべてのパーツが過不足なく揃っているが、ただ生の気配だけがなかった。

胸の奥の大きなかさぶたが無理に剝がされ、未だ生々しさを伴う記憶が立ち上ってくる。入れ物なのだ。体はただの入れ物で、人を人たらしめている何かは命の終わりとともにこの体から抜け落ちてしまう。

それは、幼い俺が母さんの遺体と対峙した時、雷のように脳を直撃した確信だ。もはや科学的直感と言っても良かった。

家族が、ご遺体に少しずつ化粧を施していく。

父親が娘の形のいい唇に紅を差そうとして指先が震え、なかなか手を下ろしきれないでいる。見ていられずに、そっと目を逸らした。

陽元が戻ってきたと思ったら再び席を立ち、また東司へと向かっていく。

どうしたんだ、あいつは。

「少し、様子を見てきましょうか」

再び禅一さんに尋ねたが「放っておけ」とやはり素っ気ない返事だった。

晶さんが、父親の腕にそっと手をおき、何事かを呟く。そのまま、傍にいた母親にも同じように声をかけ、母親の手をそっと父親の手に重ねた。

ようやく筆が、乾いた唇を往復する。両親の手からほんの少しだけ生の気配を吸い取り、つややかさを取り戻していくようだった。

晶さん、見事なものだな。

ふと、母さんの納棺式はどうだったのかと思いだそうとしたが、その辺りのことはすっぽりと記憶から抜け落ちている。

親父は、母さんの唇に紅を差したりしたのだろうか。その手は震えただろうか。

部屋の中が再びすすり泣きで満ちる。出て行きたくなる衝動にぐっと耐え、畳の上で踏ん張り続けた。

冷えた部屋の中にもかかわらず、いつの間にかこめかみには汗の玉が浮かび、陽元はしばらく戻ってこなかった。

帰り際、あまり歓迎できない出来事があった。ちょうど件の説法会が終わったばかりの高仙さんとばったり出くわしたのだ。

「これはこれは」

高仙さんが夏でも小汗の一つもかかないのかという涼やかな笑みを浮かべて立ち止まる。

「この時期は仏事が多いからね。手伝いに出てるとか」

「急いでいるので」

禅一さんが素っ気なく告げて立ち去ろうとするのを、高仙さんがさっと道をふさいで止めた。

「何です？」

「まあそう慌てずに。たまには涅槃亭に顔を出してみたらどうです。祐子さんが夏風邪をこじらせていてね、随分と具合が悪そうなんですよ」

禅一さんは、ぴくりとも動かない。だが、氷のような表情の内側にこの人が何を飼っているのか、俺はもう知っている。

「では高仙さんが看病して差し上げたらどうです。時間がないので失礼します」

「皆道、君には少し遣いを頼まれてほしいんだが」

今度は俺のほうを見て高仙さんがA３タイプの封筒を差し出した。

本当にしつこい人だな。

中身は競馬関連の雑誌と金に違いない。いくら口で言っても誘いにのってこない俺にじれたのか、最近はこうやって即物的な誘いを仕掛け、揺さぶりをかけてくるのだ。そして、まんまと揺さぶられてしまう俺がいる。

今のように他の人間がいる時はまだいいが、一番最初に手渡され、何も知らずに中を改めた時は、煩悩に打ち勝つのが大変だった。

「それを慈恵寺に返しておいてもらえないか。私からの遣いだと言えばわかるようにしてある」

禅一さんがすかさず尋ねてくる。

「何です？　それは」

汗がつうっと背中を這った。

「慈恵寺のことだから、私の口からは言えないよ。さ、急いで行ってくれ」

「わかりました」

もっともらしいことを言っているが、高仙さんが俺に使う隠語で、例の水汲み場のそばの小屋に準備が整っているという合図である。

いつか誘惑に負けると恐れていた日が、今日になるのではないか。あんなに辛い場面を目の当たりにしてしまった後では、なおさら生を実感したい気持ちが強くなっている。馬たちが駆け抜ける姿に、すべてを忘れてのめり込んでしまいたいという欲求が、胸の奥から突き上げてくる。

夏の間、GⅠレースは開催されない。だが、一流馬達が秋まで休養をとるこの夏こそが、俺のような真の競馬ファンの燃える季節なのだ。玉石混淆《ぎょくせきこんこう》の馬たちが一陣の風となって駆け抜ける夏競馬は、荒れる、化ける、くつがえる。この夏のレースを経て実力を付けて昇級し、秋からのGⅠで活躍する馬も出てきたりするから見逃せないのである。

「それじゃ、俺、ちょっとお遣いに行ってきます」

こちらを見た禅一さんが何か言う前に、俺は、駆け足で江ノ電の駅へと向かった。

そのまま左右を見回したあとで男子トイレの個室へと駆け込み、腰を落ち着けて件の封筒を開けてみる。

中には毎度どうやって手に入れるのか、やはり競馬雑誌と一万円が入っていた。

まったく、あの人は一体、どこまで俺で遊ぶつもりなんだよ。

不敵な笑い顔が脳裏に浮かび、問いかけてみたがもちろん応えはしない。

「へえ、スターホークスが走るのか」

近日開催のレースである。雑誌を開いてしまったことを早くも後悔しながら独りごちる。

面白そうなレースだった。調子を上げて来た若馬、名門の牧場で育ったサラブレッド、そして、引退を囁かれてはいるがまだまだ負けん気が強く、どんでん返しも十分にあり得るご贔《ひい》屓《き》、スターホークス。

今から高仙さんの遣いをするという体で例の小屋からスクーターで横浜のＪＲＡまで飛ばし、知らないおやじと唾を飛ばし、帰って来れないことはない。

いや、そんなことをして万が一見つかったりしたら、今度こそ禅一さんが自分を責めてどんな酷い修行に身を晒すかわからない。

禅一さんが荒行中に死亡し、間接的な殺人者となった自分の姿を思い浮かべてみる――後味が悪い。ものすごく悪い。

いや、それよりも俺が寺から追い出されるほうが先か。

だったらそれでもいいと思い切れないのが、ぼんくら跡取り僧侶の弱みである。きつい修行で大分体が鍛えられてきた感はあるが、野宿でサバイバルできるほど強靭なメンタルは手に入っていない。

今は仏陀の時代とは違うのだ。ボロ衣を身に纏《まと》い歩いても、誰も食べ物など恵んでくれはしないし、温暖なインドと違って、冬は凍死の恐れだってある。

それでも――行きたい。競馬に行きたい。やはり俺は手遅れの人間なのか。

いや、違う。俺は断固として、高仙さんのオモチャになどならない。

雑誌を茶封筒に戻し、駅のゴミ箱にでも捨ててしまおうとした。軍資金の一万円はコンビニの寄付ボックスにでも投じてしまえばいい。だが、いざとなると、どうしても手から封筒が落ちていかない。

心弱すぎだな、俺は。

ゴミ箱の前でぐらんとうなだれると、封筒をしっかりと脇に抱えて大人しく電車に乗り込んだ。つり革にぶら下がりぼんやりと夏の海水浴客たちの集う七里ヶ浜を眺めていると、ついに人の頭が馬に見えてくる。

電車を降りて再び三光寺の門をくぐり、こっそりと無心寮の部屋へと戻った。封筒を用心深く柏布団の中へと押し隠すと、何食わぬ顔で午後の作務へと合流し、ひたすら薪を集め、言いつけられた場所を掃除してまわった。

だが、どの作務にも集中できず、夜の座禅にいたっては馬場の幻影がしつこく迫ってきた。いくら追い払っても、スターホークスの幻が眼前を駆けるし、布団の底に隠した封筒のことが気にかかる。

一生に一度見られるかどうかの素晴らしいレースに出会えるかもしれませんよ。

けしかけてくる高仙さんの幻聴まで聞こえてきた。

肩に警策が振り下ろされ、唸り声が出そうになるのをぐっと堪える。パンという乾いた音でスターホークスの姿は一瞬ちりぢりになったが、すぐに寄り集まって再び像を成し、いつまでも目の奥で駆けていた。

夜中、出入り口のそっと閉まる音で目が醒めた。

柏布団から身を起こして部屋の中を見回すと、陽元の姿が見えない。

「陽元は、また東司か」

「もう今夜は三度目だよ」

定芯が小声で答える。

「――多いな」

「おそらくだけど、陽元は脚気《かっけ》だと思う」

高鼾をかく源光の鼻を軽くつまみながら、定芯が意外なことを言い出した。

「まさか。脚気って、確か江戸時代とか戦時中に流行った病気だろ」

「いや、修行僧の間ではむしろメジャーな病気の一つだよ。ただでさえ栄養不足のところへ、何とかお腹を満たそうとして米を摂りすぎたり、糖分の多い闇菓子に手を伸ばしていただろう。どちらも体の中のビタミンを消費する」

言われてみれば陽元は俺たち新到の中でも飛び抜けて体格がいい。小柄なほうの源光や中背の俺達と同じ量とはいかず、米の量を増やしてなんとか凌《しの》いでいるようだった。

「脚気だと、尿意が普段の数倍強烈になるそうだよ、最近は水もがぶ飲みしているしね」

「それで今日の納棺式でもあんなに席を立ってたのか」

部屋にゆっくりと月明かりが差した。

同時に、物憂げな定芯の顔が、徐々に浮かび上がってくる。

「陽元って、他に何か変わったところはなかった？」

「いや、あいつほとんど席にいなかったからさ。どうしてだ？」

「脚気のせいかもしれないけど、今日は納棺式から戻ってきて少しぼんやりしてたんだ。良くも悪くも元気で鈍感なところが陽元の長所なのに、時々溜息なんてついたりしてさ。少し気になるんだよね」

そういえば、円諦貫首が陽元を気を付けて見ていてほしいと言ってきたのも、やつの病気に気づいていたからなのだろうか。

よく新到一人一人の体調まで気が回ると感心してから、ぞくりとした。

つまり、俺の様子だって見透かされている可能性が高いということか。

今は体の下に敷いてある例の封筒にそっと手を回してみる。

しばらくして陽元が戻ってくると、定芯が脚気の話を始め、陽元が驚きの声を返した。

俺は起き上がりもせず、そのままじっと息を潜めていた。

＊

納棺式の翌々日、通夜が行われることになった。

俺と陽元、それに禅一さんは早めに斎座を済ませ、セレモニーホールへと赴いた。

焼き場と一体になったホールは忌避施設のため、山深い場所に存在していることが多い。

バス停からもかなり距離があるということだったが、もちろん暑い思いをしながら長々と歩いた。左右を背の高い木々に囲まれた道は薄暗く、心なしか麓のほうよりは気温が低い気がする。

ホールは真新しいモダンな建築物で、逗子と鎌倉の間に位置する緑の深い山間にぽつんと建っていた。

「本日もどうぞよろしくお願いいたします」

一昨日と同じ葬儀屋の長岡さん、そしてさらに憔悴した様子の母親に出迎えられる。

こういった場に漂う独特の静まりかえった雰囲気に早くもあてられ、何だかくらくらとしてきた。大事な仕事場でこの有様なのだから、親父が俺を跡継ぎ候補から外したがるのも、まあ無理はない。血の苦手な外科医みたいなものだろうし。

一周忌や三回忌など時間をおいた法事とは違い、通夜や葬式は、死がブラックホールのように己の中心に居座っていることを突きつけられる。誰だって死とともに生きているし、永久の別れに向かってひた走っているのに、なぜか普段は、肉体の消滅はまだずっと先のいつかだと錯覚している。

もっとも、こんな寄る辺ない世界なら、俺は別に早めに上がっても構わないが——そんな風に考えるのは、娘の死を嘆き悲しんでいる二親への冒瀆なのだろうな。

通夜が始まるまでの時間、ぼんやりと控え室に佇んでいると、陽元が青い顔をして東司から戻ってきた。ホールに着いてから今まで、すでに四度目である。

「おい、大丈夫なのか」

「――すまん、ちょっと、今夜はやばいかもしれん」

「やばいってどういうことだ」

「具合が、よくない」

見ると、両手が小刻みに震え、普段は豪快に開く口元が紫色になってすぼまっている。

「おい、吐くのか。まて、おい、俺の袈裟はやめろ！」

「二人とも何をやっている！」

禅一さんが控え室に飛び込んできて、テーブルの上に置かれていた灰皿を手に取り、陽元へと手渡した。

おえっとえずいたものの、そう食ってもいないから出るものも出ないまま、陽元が苦しそうに顔を歪めている。

「わざと、なんですよね」

陽元が、灰皿に向かって俯いたまま背中をさする禅一さんに問いかけた。

「何がだ」

「この法事に俺をあてがったことです」

「あてがったのは円諦貫首だ。俺は知らん」

「そうですか」

青ざめた顔のまま、陽元が身を起こす。

「おい、もう大丈夫なのかよ」

「ああ、少し外で瞑目してくる」

何度か深い呼吸を繰り返したあと、陽元が部屋の外へと出て行った。

「ふん、あいつも修行僧らしくなってきたな」

禅一さんが仏頂面のまま呟く。だが、いつもはへの字に下がっている口角が、水平にまで上がっていた。

「さっき陽元が言ってた、わざとどうのこうのって言うのは、何なんです」

「さあな。陽元に直接聞いてみることだ」

言うなり、禅一さんも控え室の畳に結跏趺坐し、座禅を始めてしまった。

何だよ、この人たちは。座禅教かよ。

アホらしくなって東司に向かおうとすると、目を閉じた禅一さんが独り言のように呟く。

「俺がおまえの目付役として涅槃亭に赴くことになったのは、円諦貫首の企みだと思うがな」

「え?」とっさに問い返したが、禅一さんはすでに己の深淵へと潜ってしまったようだ。

東司の個室へとこもり、しばし今さっき言われたことの意味を考えてみる。

禅一さんが涅槃亭に赴くことになったのは、円諦貫首が意図的に仕組んだこと。だが、それが何だというのだ。一体、何のために——。

しばらく少ない脳みそを働かせてみて、ようやく両手で膝を打つ。

「祐子さんだ」

円諦貫首は、禅一さんが祐子さんに懸想していることもとっくに見通していて、敢えて試すように禅一さんをあの場所へと引きずり出したのだ。

本人が抑えこもうと躍起になっている煩悩の根源へと向き合わせる。

それが、貫首の考える修行なのか。

ということは、貫首が陽元をこの場所に寄越したのも、きっと陽元のくるぶしを蹴るような何かがあるからなのだろう。

だからこそ、陽元はさっき禅一さんに向かって「わざとですよね」などと尋ねたのだ。

禅一さんに確認したら、今頃気がついたのかと醒めた目で見られそうだが——。

俺にとってもきつい場面の連続ではあるが、陽元にとってこの場所は何と向き合わざるを得ない場所なのだろう。

いや一人で悶々としていても仕方がない。禅一さんの言う通り、考えてもわからなければ陽元に尋ねてみるのみである。

生温かな便座からがばっと立ち上がり、鼻から大きく息を吐く。

関係ないが、やはり便座が温かなのは素晴らしいことだ。寺での簡素な生活に慣らされていると、文明のありがたみというものが身に染みるのである。

大股で東司を出て、まっすぐにセレモニーホールの外へと向かった。

確か建物の外に、ベンチが設《しつら》えてあったはずだ。

思った通りに陽元が、でかい体を無理矢理に小ぶりのベンチに預け、静かに目を閉じていた。信心深そうな高齢の弔問客が、入り口に向かう通りすがりに、数珠を握った手を合わせて拝んで行くが、当の陽元は袈裟姿であることを差し引けば眉間に皺を寄せた煩悩に苦しむ男そのもので、ありがたさの欠片も感じられない。

黙って隣に腰掛けると、陽元がゆっくりと瞼を開いた。

「もう通夜の始まる時間か」

「いいや、あと十分ほどは大丈夫だと思う。それより、平気か」

「ああ、もう大分いいようだ。心配かけて済まなかったな」

もっと踏み込んだほうがいいのかどうか、迷う横顔だった。仏教に不信感があるだけで、人並みのデリカシーは持ち合わせているつもりだ。

「あのさ」「俺な」

言葉が被った。口を噤むと、陽元が再び語り出す。こういう時は必ず相手を優先させる奴だというのに。

「俺が、なぜ三光寺にやってきたのか、奇特なやつだなって言ってただろう」

「今でも心の中で言い続けてるがな」

「俺は、人を殺したんだ」

人並みのデリカシーは持ち合わせている俺だが、少し尻の位置を陽元から遠ざけた。

「それは故意にか、それとも交通事故のような不慮のパターンか」

「故意にじゃない。そう思いたいが、自信はない」

剣吞なことを言って陽元は俯き、暗い声で話を続けた。

「先月で三年経ったよ。山に登ったんだ。あの時は、大学にぎりぎり八年も在籍していた先輩の卒業記念の登山でな」

話が読めてくる。俺は、何となく前方を見やったまま無意味な相づちを打った。

「俺ともう一人、可愛がってもらっていた女子部員はもう社会人になっていたけど、祝いで参加したんだ。登山部でもなんでもないぞ。けっこう強豪の柔道部だ。それに、なんてことない山だった。ハイキングって言ったっていいくらいだ。ただし、酔っ払ってなかったらの話で、あの時は三人とも足下が怪しくなってた」

「酔って山に登ったのか」

「馬鹿だろう。そのまま無事に帰れてたら、こっぴどく叱られてそれでしまいになるヤンチャだったたと思う。だけど、気がついたら俺達はコースから外れてた。後でわかったんだが、先行していた学生のグループが、ふざけ半分で案内札の矢印をあらぬ方向に向けてたらしいんだ。そんな冗談みたいなことで、俺達は山深くに入り込んで、いつの間にか、かなり傾斜のきつい斜面の細道を歩いていた。そうして、彼女は足を滑らした。すぐ後ろにいた俺はとっさに腕を伸ばして彼女の腕を掴んだが、なにせ力が入らない。すぽんってな、あっけなく腕からすり抜けて、マネキンみたいに斜面を転げ落ちていったよ。あの、国の宝みたいな体幹を持っていた彼女がな。そして、斜面の下は谷間になってた。手が離れる直前の彼女の俺を見る表情がさ、頭から離れないんだ」

いつもからっとした陽性の気を纏っている陽元の姿はどこにもなかった。色濃い影そのもののように、そこに蹲《うずくま》るようにして座している。

「でもさ、それは事故だろう」

何の慰めにもならないと知りつつ、虚しい言葉をかけた。

「わからん」

「わからんってこともないだろうに」

「いや、考えれば考えるほどわからなくなるんだよ。彼女は、天性のセンスに恵まれている柔道家だった。変な話、五輪に出るような選手より強かったし、彼らの多くが超えられない一線をいとも簡単に超えたところで柔道をやってた。でもそれと勝敗は別、勝ち負けだけが柔道じゃないとかなんとか言って澄ましていてな。

そのくせ、俺とは決して組もうとしなかった。男女だからってわけじゃない。他の男たちとは組んでたからな。俺を恐れていたとも思えない。じゃあ、なぜ俺を避けてたと思う？」

木の虚《うろ》のような闇が陽元の瞳に宿っていることに、たった今、気づかされた。

「さあ、わからないよ」

「彼女は、俺に勝ってしまうのを恐れていたんだよ。自分のセンスが、柔道家としての俺を殺すってことを彼女は正確に知っていたんだ。

俺は彼女が、嫌いだった。いや、もっと言えば憎かった。憎くてたまらなかった――彼女に酒を飲ませたのは俺なんだ」

一呼吸置いて、陽元は俺のほうへと向き直った。

「なあ、俺、思えば彼女に酒を飲ませた時から彼女への殺意があったんじゃないだろうか、俺は、彼女の手をわざと放したんじゃないだろうか。本当は、もっと掴んでいられたんじゃないだろうか」

縋るようにたて続けに問われて、ぐっと言葉に詰まった。

「彼女も、ちょうど大学を出て社会人になったばかりだった。そのせいかな。棺桶の中のご遺体な、彼女にしか見えないんだよ。しかも、さっき俺に向かって笑いやがった」

陽元が再び吐き気をこらえるような仕草をする。

慌ててビニール袋か何かを探したが、屋外の上に山の中だから木の葉しか転がっていない。

「海のある町に来れば山を忘れられるかと思ったが、さっそく山で水汲みだしな。あれには参ったよ。菓子でも食わなくちゃやってられなかった」

「あ、あのさ、気のせいだよ。ご遺体はご遺体で、その彼女とは違う」

陽元が、そろそろと俺の腕を摑んだ。決して強い力じゃないのに、ぎりぎりと締め付けられている気になる。

「生きてる人間にとって、死っていうのは、目の球にできたシミみたいなもんだな。修行すれば救われると思ったのに、日に日にシミは濃くなる一方だ。おまえは寺の息子だし、俺よりは仏教に詳しいだろう。どうしたらこのシミは消えるんだ。いや、消したいなんて贅沢は言わない、少しでも薄くなってくれればそれでいいんだ。なあ、教えてくれよ。俺は何をすればば、このシミから逃げられるんだ」

どうしたものかと目を泳がせるが、どうにもできなかった。寺の息子だからといって仏教に詳しいというのは、ブラジル人だからサッカーが上手いとかいう類の誤解である。

「甘ったれるな」

突然、背後から聞き慣れた声が響いた。

「この数ヶ月、何のために修行をしていた。ちょっと修行しただけで救われるだと？　だったら今頃この世は極楽浄土だ。さっさと控え室で座禅でも組んで気持ちを整えて来い！」

禅一さんが鞭のようにしなる声で、追い打ちをかける。陽元は低く唸ったあと、何か言い返そうとした。

「聞こえなかったのか、座禅を組め」

最後の静かな一声で、それでも立ち上がり、ホールの中へと戻っていく。

「禅一さんは知ってたんですね、今の話」

「何となくはな」

「大丈夫ですかね、陽元のやつ」

「あいつの縁起はあいつにしか解消できない」

相変わらずの冷たい物言いに、さすがにムッときた。

「前から思ってたんですけど、禅一さんは何故そんなにも仏教にのめり込むんですか。自分こそ、全然救われてないじゃないですか」

さっと身構えて睨みに備える。だが禅一さんは淡々とした態度を崩さなかった。

「誤解するな。修行僧にとって仏教は、己と向き合うための道だ。仏道だ。その道は一人で行くしかないし、救いがあるかないかなど孤独に進んだ先でしかわからない」

「だったら三光寺なんていらない、ただ経典だけ読んで一人で座禅でも組んでりゃいいじゃないですか」

「その通りだ」

「その通りって――じゃあ、陽元はあのまま放っておいていいって言うんですか。少なくとも貫首は、気を付けて見ていろっておっしゃいましたけど」

バカにつける薬はないという表情で、禅一さんが深い溜息をついた。

「見捨てろと言ったわけじゃない。修行僧のあいつに今必要なのは言葉のなぐさめじゃなく、己と向き合うことだというのがわからんのか。それともおまえは、本人以上の何かを、あいつにしてやれるのか」

ぐっと言葉に詰まり、ただ立ち尽くす。

禅一さんがほんの微かだが、口調を和らげてつづけた。

「時が経ったからといって、やり過ごした傷や悲しみが必ずしも薄れるわけじゃない。ただ意識の届きづらい場所に沈んで身を潜めているだけのこともある。今になって浮かび上がってきたものを、あいつは自分なりの言葉で捉え直し、おまえという聞き役を得て打ち明けることができた。おまえはもう、十分に役割を果たしたと言っている」

そうはとても思えなかったが、ひとつだけ頷ける部分があった。

「──確かに、時間は何も解決しないですね」

「だが、永遠に留まるものもない。仏教の基本だ」

禅一さんは軽く鼻を鳴らすと「行くぞ」とホールへ向かって歩き出した。

時に冷たく思えるほどの厳しさを持ち、苛烈なほどの修行の日々を送る。それでもなお、胸の奥に隠し持つ祐子さんへの想いを扱いきれずにいる。

困ったことに、俺はやはり、この人のことが嫌いではないのだった。

しばらくして、通夜が始まった。陽元は相変わらず青い顔をしていたものの、えずくことはなく、遺教経《ゆいきょうぎょう》を誦経《じゅきょう》している。円諦貫首や禅一さんに比べるともちろん貫禄負けしてしまうが、修行を始めたての頃からすると別人のような巧さである。

ふっきれたのだろうか。いや、そうではないだろう。ただ、無理矢理に心を落ち着かせただけ。

読経をつづける俺達の目の前に、死が横たわっている。この読経は、遺族に何をもたらしているのだろう。僧侶には何ができるのだろう。

遺教経は、仏陀が今際《いまわ》の際に遺したと言われるいわば遺言である。約二千五百年前、日本では縄文人が土器をつくりアニミズム信仰を発達させていた頃、ブッダガヤーの木の下で入滅せんとしていた仏陀は、人が人として生きることは苦であるとし、その苦から解放される生を模索した。心がいかに御しがたいものであるかを説くこの経典は、悲しみにうち沈む遺族を多少とも救うだろうか。今の悲しみさえも形を変え、やがて移ろうと異国の言葉で説くことが、救いになるのだろうか。

答えの出ないまま、ただ読経をつづけた。

帰り道、バスの中で陽元も禅一さんも無口だった。

ぼんやりと和田塚の駅そばにバスが停車した際、向こうの歩道から見慣れた人物が歩いてくるのが目に留まった。

「あれは高仙さんと、ぞっこんファンの——」

俺の声に釣られて禅一さんが窓の外に目を向ける。

「ああ。栄子さんだな」

ぞっこんファン問題は、すでに決着がついているはずである。だが、この光景を見る限り、そうでもないらしい。相変わらず高仙さんからかなり引いた後を付いてくる栄子さんの表情は、誇らしさではちきれんばかりだ。

「私はここで降りる。二人は先に寺に帰っているように」

「尾行するなら俺も行きます」

寺に戻っても修行が待っているだけである。

禅一さんはきつく睨んできたが、やがて諦めたように「勝手にしろ」と呟いた。

「俺は、寺に戻ります」

陽元に頷いてみせると、禅一さんが気の抜けるような音を響かせて開いた出口から降りていく。俺も慌てて後を追い、バス停へと降り立った。

すでに高仙さんらはバスとすれ違っており、背中がぐんぐん遠ざかっていく。

「急ぐぞ」

禅一さんが、仇討ちを狙う侍のような様子で大股で歩き出した。俺も、ほとんど小走りになってつづく。

夜の和田塚は住宅街の明かりがそちこちに灯っており、夕食のいい匂いがどこからともなく漂い、混じり合い、煩悩を煽る。

泥でもいいから食いたいと思うほど腹を空かせると、隣の僧侶がよそってもらった粥のほうが一ミリ多いのではないかと嫉妬する。源光は典座係であるのをいいことに、俺達の倍食ってるんじゃないかと疑いたくなる。修行寺に来ると、これまで気がつくことすらなかった欲が、御しがたいほど大きく膨らむ。イライラするから、怒りっぽくなるし、皆、他の僧侶に寛大になれなくなっていく。

ぐうと腹を鳴かせると、禅一さんから再びものすごい目で睨まれてしまった。

ほら、この人も長い修行生活で性格に歪みが——いいや、違う。この人は多分、もともとこういう人だ。

「あの人は、仏の慈悲をもってしても光の及ばない場所に咲く毒の花だ」

珍しく感情的な口調に、ごくりと唾を呑む。

二人が、大通りから住宅街へと角を逸れ、新しくはないが風格の漂うマンションへと入って行った。

「あの二人、付き合ってるわけじゃないですよね」

入り口から少し離れたところで立ち止まった禅一さんに尋ねてみる。

「わからん。だが、何か企んでいるのは確かだと思う」

街灯の真下は明るいが、一歩先へ進むと夜の薄暗がりが広がっていく。同じマンションへ入っていく人影が他にもあったが、顔までは判然としなかった。

少しして、道に面した三階の部屋の窓にぱっと明かりが灯る。

「あの部屋ですかね」

「――らしいな」

禅一さんに倣って電信柱の陰にさっと身を潜めながら、カーテンを閉めた高仙さんの姿を確認した。

しばらく窓を見上げたがもう何も起こらず、禅一さんと俺はそれぞれの考えにふけりながら寺へと戻った。

＊

先日の通夜のあとは粛々と葬儀が営まれ、陽元は何とか全ての仏事を乗り切った。

抜け殻となった肉体は最後に骨となりいずれは土くれへと還るが、魂は再び別の肉体へ宿っていくのか、それとも三千世界のどこかへ召されて仏にお仕えするのか。

定芯が陽元に声を掛ける。

「よく最後まで踏ん張ったね」

薪作務へと赴き、例の倒木のそばで、俺、陽元、定芯、それに源光は澄み渡った空を見上げている。定芯と源光にも、陽元は事情を洗いざらい打ち明けたのだ。

源光はどう反応していいのかわからないといった様子で菓子を一気に口の中へと放った。

「やめとけ、源光。おまえも脚気になるぞ」

間食をきっぱりと断った陽元が真面目な顔で諭す。その横顔は何かを吹っ切ったように清々しい。

「僕？　とっくに脚気だと思うよ。でも、菓子は止められない。清すぎる水に魚は住めない」

開き直った源光のことは無視して、陽元に尋ねた。

「なあ、禅一さんからあれだけ厳しく言われて、どうしてそんなにさっぱりした顔をしてられるんだ」

陽元がいい意味で力の抜けた笑みを浮かべる。

「そうだなあ。うまく言えるかわからんけど、ちょっと修行しただけじゃ救われないと言われたら、逆に救われたというか。腹を括って、今、この時点での俺をつづけていくしかないんだなって。いつか今より良くなるって思いつづけるのって、今が良くないって否定しつづけていくことだろ。それに——円諦貫首に言われたんだ。苦しみにしがみつくなって」

「苦しみにしがみつく、か。なるほど、さすが円諦貫首だ」

定芯が目をきらきらとさせながら、うっとりと言った。

どこかどきりとさせられる言葉だが、俺にはその真意がわかるようでわからない。

「心を満たしてくれるものがあるほうが、きっと楽だろう、刺激が強ければ強いほど楽だろうって。それは彼女の死を悼んでいるのではなくて我執《がしゅう》だってさ」

陽元の笑顔は、本心から晴れているように見える。僧侶としてのスタートが俺より十五年はたっぷりとおそい陽元のほうが、よほど僧侶らしい顔つきをしてそこにいた。その姿が、何とはなしに眩しい。

口の端に菓子くずをつけた源光が「そんなものかねえ」と首を傾げている。こいつの姿は、眩しくも何ともないが、人間を百種類以上に細かくわけても、俺と源光は同じグループに所属していそうな気がするのが何とも言えずむずむずとした。

「いずれにしても、ようやくスタートラインだね、陽元」

定芯が立ち上がって、尻についた土埃を払った。陽元が尋ね返す。

「それを言うならこの寺の門をくぐった時だろう」

「いいや。悟りを開きたいと真から修行に向き合ってようやくスタートラインだもの。

ところで禅一さんは、寺なんて必要ないっておっしゃったんだよね？　僕はそれって強い人向けだと思っていてね、大半の心弱い人間には、強烈な儀式が必要だと思っているんだ。

修行僧の鋳型に僕達をくりぬいて、まとわりつく煩悩まるごと、ばっさりと断裁してしまうような強烈なやつがね。もう何も考える余裕なんてなくなって、これでもかって醜い自分も浮かび上がってきて、それでも逃げずに向き合って、そうなってから初めて少しずつ、今の陽元みたいに意識を型へと寄り添わせていけるんじゃないかな」

「そんなものかねえ」

源光の声は疑わしげだ。こいつは、まだスタートラインにも立っていない。かく言う俺も、菓子を口の中でもぐもぐと転がしており、スタートするもくそもないし、競馬雑誌の入った茶封筒も未練がましく持ったままだ。

俺が再三、高仙さんからそそのかされていることを、きっと円諦貫首も禅一さんも把握している。はっきりと指摘されたわけではないが、そんな気がして仕方がなかった。

だが、そうだとしたら、なぜ誰も俺に釘を刺さないのだろう。見捨てられているのか、泳がされているのか、そもそもレースがとっくに終わったというのに、あんなものを取っておいて俺は一体どうしたいのか。自分の気持ちさえもわからない。

高仙さんは、あのマンションの一室で、今度は一体何を企てているのだろう。円諦貫首は、このことをどうするつもりなのだろう。

思考の糸はもつれるばかりで、一向にすっきりと一本にならない。

ふと思う。俺は今までにも何度も生まれ変わり、その度にこうして空を見上げ、わからないことだらけの人生を嘆いていたのではないか。

国同士の諍《いさか》いに兵士として駆り出された時に見上げた中国大陸の空、成功した商人として旅の途中で見上げたイタリアの空、幼くして飢えで亡くなったときのアフリカの乾いた空気の向こうの空。空、空、空。さまざまな空の記憶が、一斉に視覚を通して甦ってくるよう気がして、ぶるんと頭を振った。

もし今の妄想が本当なら、何度生まれ変わっても進歩のない俺は、救いようがないなと思う。

空から降り注ぐ太陽が、じりっと肌を刺す。夏は今、まさにその盛りに向けて時を刻んでいる。進歩どころか退化している疑いさえある俺とか源光を置き去りにして。

その日の夜、俺は一人、円諦貫首に呼び出された。

貫首の正面に座し、彼が口を開くまでじっと待つ。

「お葬式まで終わったようだけど、どうだった？　何か報告できることはありそう？」

「はい。陽元のやつは吹っ切れたみたいな顔をしてました。彼女の死にしがみつこうとしてたとか何とか。禅一さんや貫首の言葉に背中を押されたみたいですよ」

「だろうねえ、だろうねえ」

満足気に頷く姿は、そこら辺にいる爺さんとあまり変わらない。

「で、禅一は何て言ったの」

「ちょっと修行したくらいで救われると思うなみたいなことを例の口調で」

「ははあ、なるほど。禅一らしいね。その禅一の様子はどうだった」

「う〜ん、まあ、いつもと変わらずでしたけど」

「そう」

すっと背筋を伸ばしたまま、円諦貫首がこちらを見据えた。和やかな中にも空気がぴんと張り詰める。

「これから禅一は少し大変になりそうだから、引き続き行動をともにしてくれる？　明日から祐子さんの入院している病院に通うように」

「祐子さん、入院したんですか!?」

「うん。まあ、致命的な病気ではないけど、一人暮らしだしね」

「でも——その場に俺なんかが付いて行っても大丈夫なんでしょうか」

「大丈夫じゃない？　禅一のことも引き続きよく見るように」

いや、大丈夫じゃない？　って軽く言われましても。

話はこれでお終《しま》い、というように貫首が手で払う仕草をする。拝礼して部屋を辞すと、ちょうど、こちらへ向かってくる禅一さんとすれ違った。

「あの、禅一さん」

とっさに呼びかけてしまい、何も話すことがなくて狼狽《うろた》える。向こうがゆっくりと立ち止まった。

「何だ」

「いえ、その、名前を呼んだだけです」

「相変わらずくだらん奴だな」

吐き捨てるように言うと、禅一さんは俺の横を通り過ぎ、貫首の部屋へと入っていった。

小さな溜息を漏らす。俺にできることは何もない。あの人は、あの人だけの力で彼女のことを乗り越えていくんだろう。

それでも、胸がざらついた。誰も彼もが死に向かって人生をひた生き、その間に多くの苦しみをくぐり抜けて行くしかない。この世界の逃れようのない真実に、何だか無性に腹が立って仕方がなかった。

＊

朝早く目が覚めた。修行寺において早く目覚めるというのは、ほとんど寝ていないということを意味する。実際、窓の外はまだ夜の闇が色濃く、他の三人の寝息と鼾が交互に響いている。

再び柏布団にくるまったが意識は尖っていくばかりでちっとも眠気が訪れない。仕方がなく再度布団を抜け出し、作務衣に身を包んでそっと部屋の外へ出た。

無心寮を出て、闇の中に佇む大小のお堂の間をひたひたと歩く。いくつかのお堂からは既に明かりが漏れていた。敷地の中でも最奥に位置する小さなお堂——荒行堂も闇に紛れている。

だが、俺にはすでに予感があった。あの中には禅一さんがいて、おそらく今夜、結跏趺坐している。誰も寄せ付けない厳しさを纏って、目を閉じている。

春と同じ小窓から中を覗いてみた。

しばらく何も見えなかったが、徐々に目が慣れてくると、ごく薄らと中の様子が浮き上がってくる。

俺の予感は、見事に外れていた。

確かに、禅一さんらしき人影はあった。だが彼は、結跏趺坐をしてもいなければ、瞑目もしていなかった。

ただぼんやりと前を見つめ、座していた。

いつまでも、いつまでも、そうしていた。

祐子さんには禅一さんのほかに身寄りがないらしく、入院生活に必要な手続きや諸々の面倒は、晶さんが見てくれているという。禅一さんのお供で見舞いに訪れると、俺はいつも晶さんにいいように使われるのだが、美人に小突き回されるのは決して嫌いなほうではないからむしろ楽しみだった。

「じゃあ、買い出しに行くわよ」

今日も晶さんに言いつけられて、喜んで病室を後にする。部屋には、風邪をこじらせたという祐子さんと、傍らの椅子に腰掛ける禅一さんが残ることになった。俺だって馬鹿じゃない。これがどういうことなのか、すぐに気がついた。

「わざとですよね、俺を毎回、さっさと病室から連れ出すのって」

「だって、坊主が二人も病室に来るなんて、死神みたいであれでしょう」

「その理屈だと坊主が一人来ただけでもかなり縁起悪いですけどね」

それにしても死神扱いは大分酷い。まあ、普通の生活を送る人々にとって、坊主は仏事とワンセットになっているから、つい死を連想してしまうのはわかるのだが。

「あの二人が、特別な関係なのは聞かされてる？」

「血のつながらない親子だっていうことだけは、聞かされましたけど」

慎重に答えると、晶さんは頷いた。

「そう、それ以上は聞いてないのか。私が言っていいのかわからないけど、祐子さんはね、禅一さんの里親なの」

「そうだったんですか」

血がつながっていないというから、てっきり父親の再婚相手なのかと想像していた。

病院のコンビニには寄らず、外に出て敷地内のベンチに腰掛ける。夏の午後だが珍しくそれほど蒸しておらず、木陰には涼しい風が吹いていた。

「祐子さんと旦那さんが四十歳の頃にね、禅一さんを引き取ることに決めたんですって。その時、禅一さんは中学に上がる時だったの。でも、三年後に旦那さんが亡くなってしまって、祐子さんは女手一つで禅一さんを育てることになって本当に途方にくれたって、いつか笑いながら話してくれたけどね」

「もともと祐子さんは、鎌倉で暮らしていたんですか」

「あら、それも聞いてなかったの。祐子さんはね、円諦貫首の遠縁なの。そのご縁で旦那さんが亡くなったあと、涅槃亭で精進料理を出すことになったのよ。当時荒れていた禅一さんと円諦貫首が会ったのは、旦那さんの仏事を貫首自らがなさった時だったみたい」

「そうだったんですか」

禅一さんが荒れていた。そのこと自体に驚いたが、よく考えると無理もない。両親の愛情に飢えた子供が、引き取られた先の継母を慕う。その思慕が、いつしか男としての愛情に変わっていくことだって、それはあるかもしれない。

そして、禅一さんのあの性格だ。その気持ちを扱いあぐね、こじらせ、必要以上に距離を置く方法が荒れることだったのではないか。

やがて時が満ちて、円諦貫首と、いや、仏教と出会った。

禅一さんの仏教に対する熱狂は、あの人の抱えるマグマのように熱い苦悩をそのまま表わしてもいるのだろう。

「ままならないですね」

「そうね」

晶さんが頷く。彼女が俺の言うことにすんなり頷いてくれたのは初めてかもしれない。吸い込まれそうな大きな瞳にまじまじと見つめられて、どぎまぎする。

もしかして晶さんも俺を憎からず思っているのか。

「あなた、いつまでたっても修行僧らしくならないわねえ」

「そ、そうですか」

思ってないですか、そうですか。悄然として視線を落とした俺に、晶さんはさらにちゃきちゃきと言い放つ。

「別に歯を食いしばって修行することが偉いことだとは思わないけどね、あなたはなぜ修行寺にいるの。本当は何がしたいの」

この問いに答えられる言葉が俺の中にあればいいのに。

今ほど切に願ったこともないが、やはり頭の中は空っぽのまま。夏の弱い風にも吹き飛ばされてしまいそうなほど、俺という存在は薄っぺらいままだ。

「わかりません。わかりたいけど、わからないんです」

「それは——ご愁傷様ね」

さほど気の毒そうな表情もせずに、晶さんが言った。相変わらず美人だ。美人にちょっと軽蔑されるのも俺は嫌いじゃない。

だが、禅一さんが荒行堂で夜な夜な放心しているのは、何だか少し心配だった。もっとも、声を掛けたところで「くだらん」とかなんとか言われてお終いだろうが。

それから三日後、いつものように午後の作務の時間を利用して禅一さんとともに病室を訪れると、祐子さんが目覚めて上半身を起こし、晶さんと談笑していた。

「あら、いらっしゃい。毎日来なくてもいいのよ。もうすぐ退院だし、修行中なんだから」

小さな子供を叱るような表情だな、と今なら自然と気がつく。これは、俺ではなく主に禅一さんに向けられていたものだったのだ。

一方の禅一さんは、ぎこちないながらも祐子さんが入院する前のような刺々《とげとげ》しさはなく、ベッド脇のパイプ椅子にごく自然に座った。

「禅一さん、それに晶ちゃんも、買ってきて欲しいものをリスト化したんだけど、お願いできるかしら」

「あ、それなら俺が晶さんと」

「いいえ、ちょっと重い荷物も多いし、禅一さんには晶ちゃんと色々と打ち合わせをしてほしいこともあるし」

「――わかりました」

禅一さんが硬い表情で頷き、席を立った。

二人を見送ったあと、手持ち無沙汰に佇んでいる俺に向かい、祐子さんが微笑む。

「あなたは、ちょっと話し相手をしてもらえるかしら」

「あ、はい。それはもちろん」

今日の祐子さんは、さすがにそろそろ退院というだけあって調子が良さそうだった。

「晶ちゃんから、色々とお話を聞いたんですって？」

「あ、はい。その――祐子さんが禅一さんの里親だと」

どこまで踏み込んでいいのかわからず、ここで口を閉じた。

「――ねえ、これから言うことは、あなたの胸に閉じ込めておいてくれないかしら。ほら、カトリックなんかにはあるでしょう、懺悔《ざんげ》っていうの？」

僕は坊主ですけど、いいんですか。など、さすがに野暮だから言わない。だが、これだけは確かめておこうか。

「なぜ俺なんです？」

「だってあなた、禅一のお気に入りだもの」

意外な言葉に「まさか」と吹き出してしまった。

「あら、本当よ。これまであの子、円諦貫首にどれだけ新到さんを任されたかしれないけど、どの子も長くつづかなかったの。あなただけよ、こんなに一緒にいるの。それにあの子、あなたといるととても楽しそう」

とても信じられずに黙っていると、祐子さんがふふっと微笑んだ。

「私があの子の里親になりたいと思ったのはね、見学に行った施設の中で、あの子が誰よりも申し出てくれる人が少なそうだったからなの。あの調子で愛想も悪いしね。そのくせ、誰かの手を待ってる心細そうな表情を時々隠しきれてなくて。〝うちに来る？〟なんて、主人にも相談せずに気がついたら声を掛けていてね」

「どう答えたんですか、禅一さん」

「何も。ただ、黙って付いて来たわね。もう十二歳だったたし、苦労したせいか大人びたところのある子だったから、私達夫婦も焦らずじっくり付き合っていこうって、そう決めたのだけれど。突然、子供のいる生活が始まって――楽しかったなあ」

　祐子さんが、芯から幸福そうに目を細めた。

　一気に油っこくなった毎日の食卓、週末ごとの小旅行、授業参観や運動会、ＰＴＡ、母の日にくれたカーネーション。少しずつ、本当に少しずつ距離が縮まっていった日々。最愛の夫を失っても何とか立っていられたのは、禅一さんの存在があったから。何とか育て上げなくてはいけないと自分を奮い立たせる理由があったから。

「だけどね、あの子が高校二年になったくらいかしら。段々また心を閉ざしちゃったのかな、少し距離があるなって。でも、心のどこかでその理由に薄々は気がついてた」

　あなたも、知っているんでしょう。祐子さんが無言で問いかけてくる。

「あの子は、母親ではなく女として私を見てるんじゃないかって。まさかと思って何度も打ち消したけど、そばにいるとね、どうしても伝わってきてしまうものでしょう。そのうち、あの子、家に全然寄りつかなくなってしまって、悪い仲間とつるんでるって学校の先生からも言われてね。それで私、あの子と向き合うよりも、逃げるほうを選んだの。あの子を円諦貫首に預けたのよ」

それは逃げるのとは違う。誰だってそんなの、どうしていいかなんてわからないですよ。言いかけて口を閉ざす。即席の言葉なんて、何の意味もないだろうし、求められてもいない。

「でも、今になって思うの。やはり私は、あの子の気持ちがどうであれ、最後まで母親として受け止め続けるべきだったんじゃないかって。そうすれば、あの子があんなにも自分を虐めるような生活をつづけることはなかったんじゃないかって」

「そんな――」

もぞもぞと尻を動かすと、パイプ椅子が耳障りな摩擦音を立てる。

「私に、捨てられたと思っていると思うの。つまりあの子、二度、母親に捨てられたのよ。それだけが私の後悔」

ほうっと祐子さんが肩で息をつき、半分起きたベッドにふわりと寄りかかった。重さを感じさせない、風のような動きだった。華奢な姿がそのまま消えてしまうのではないかと不安になってくる。

「こんな話を聞かせてしまって、ごめんなさい。おかげで少し楽になれたわ」

祐子さんはそう言ってくれたが、きっと嘘だ。

「すみません、俺、何にも言えなくて」

「あら、謝らないで。こんなことあなたにしか言えないことよ。私こそ、ごめんなさいね。重荷を肩代わりさせるような真似をしてしまって。勝手だけれど、私は本当に少し楽になれたの。ありがとう」

おっとりとした天然タイプだが、大人の女性としてしっかりとした芯や温もりが感じられる。禅一さんが彼女を女性として愛した理由がわかる気がした。

「あの、今の話、禅一さんにしてみたらどうでしょう。後悔してるって、向き合うべきだったと思っているって」

祐子さんが、静かに微笑んだ。大人のやり方でノーを伝えられたのだと解る。

しばらく禅一さんの思い出話をするうちに、祐子さんは寝入ってしまった。

禅一さんと晶さんが戻ってくるまで、俺は息をひそめてパイプ椅子に腰掛けているしかなかった。

＊

「あのままじゃ、あの人、倒れちゃいますよ。何とかしてくださいよ、円諦貫首」

祐子さんの退院から約二週間後の夜。貫首部屋で詰め寄ると、「そうだねえ、そろそろ何とかしないとねえ」と相変わらず気の抜けるような答えが返ってきた。

禅一さんが、いつにも増して修行に傾倒しているのである。

事の発端は、祐子さんが退院後に起こした行動だった。

祐子さんの退院までの間、二人の距離は縮まりも遠ざかりもせず、日々が淡々と過ぎていった。まず決定的なことが起きたのは、祐子さんが退院した当日だ。

「涅槃亭は閉店することになったよ」

円諦貫首が、俺や禅一さん、それに高仙さんを呼び出して唐突に告げた。

「閉店って、なぜですか」

目の端に禅一さんの姿を意識しながら貫首に問う。

「祐子さんの体力的なこともあってね、彼女、鎌倉を離れてご主人の生まれ故郷で暮らすことにしたそうだよ。お墓を守りたいと言っていてね」

「墓守って、そんなことのためにですか」

呟きながら、それが祐子さんから息子である禅一さんへの答えなのだと悟る。

「ご主人のご実家は確か熊本だとか。ずいぶんと遠い場所へいらっしゃるんですね」

高仙さんの声には面白がるような響きがあった。

ちらりと禅一さんを見やったが、動揺した素振りは見られない。

そうか、最初から禅一さんは、このことを知らされていたのだ。それで、荒行堂であんな風に放心していたのだろう。

だが、これは祐子さんの精一杯の愛だったのではないだろうか。義母として禅一さんを育ててきた彼女が、最後にしてあげられること。それは、禅一さんを自分から解放してやることだ。そのための環境を、彼女は自らの身を引くことで整えたのだろう。

これが、母親として禅一さんを受け止めるというあなたの答えなんですね。

心の中だけで、そっと尋ねてみると、祐子さんが黙って頷いた気がした。

祐子さんはそれからあっという間に移住の支度を調《とと》え、去っていってしまった。

禅一さんは最後のお別れにも立ち会わず、いつにも増して厳しく修行僧として過ごしはじめたというわけである。

連日ろくに眠りもせずに荒行堂に籠もって、目つきは鋭く、鎖骨が不自然なほど浮き、儚《はかな》げな雰囲気さえ漂わせはじめている。座禅を組んでいる時など、入院時の祐子さんではないが、そのまま姿が消えてしまいそうなほどだ。

「貫首、そろそろとか言ってる場合じゃないです。今倒れてたっておかしくない状態じゃないですか」

「う〜ん、そうは言っても、彼、今は瞑想三昧だからさ、君たちとはエネルギーの消費の感覚が違うんだけどね」

あくまで楽観的な様子の貫首と対峙し、辛抱強く座していると、とうとう貫首が根負けしてくれた。

「わかったわかった。あと二日後くらいかなと思ってたんだけど、もう面倒だから今夜でいいよ。皆が寝静まった後で荒行堂を覗きに来てごらん。ただし、しっかり見るように」

「何か手を打ってくださるんですか」

「君がそうしろって言ったんでしょ」

貫首は面倒臭そうに俺を手で払う。交渉成立、出て行けのサインだ。

「ありがとうございます！」

いつもよりさらに深く拝礼して、俺は部屋を辞した。


そんなわけで、皆の寝息を確認したあとで、無心寮を忍び出てきた。

いつもは暗闇に紛れている件の小さなお堂から、微かに明かりが漏れている。なるべく足音を立てないようにそっと近づいていくと、例の小窓の辺りから、明かりといっしょに声も漏れ聞こえた。

「何も否定することはないんだよ、禅一。祐子さんに特別な気持ちを抱いている。ただそれだけのことで、それ自体に善悪はない。その愛情も今の悲しみも、一生つづくものではないしね。その愛情を恐れずに見つめたらどう。いい？　仏道は悟りへと到るメソッドだけど、今この一瞬を生きるための知恵でもあるんだよ。よくよく、自分の気持ちを観察するといい」

「私にはこの気持ちが悪にしか思えません」

絞り出すような声に、貫首はあっさりと告げる。

「悪として捉える状況に執着しちゃだめだよ。空《くう》は空《そら》とも読めるよね。空になり、移りゆく景色を眺めるように己の感情を見つめてごらん。座禅をつづけるうちに、その感情の源泉まで辿り着くかもしれない。その感情が見せてくれる心の景色の変遷に素直に身を委ねてごらん」

蠟燭《ろうそく》のほのかな明かりが立ち上るなか、二人の人影が揺らめいている。貫首はこちらに背を向けて座しており、そのまっすぐな背に遮られて禅一さんがどんな表情をしているのかを窺い知ることはできなかった。

貫首が立ち上がりお堂を出てくるのがわかった。がらりと引き戸の開く音につづいて外へと姿を現すと、ゆるゆると散歩でもしているように俺のほうへと近づいてくる。

「仏陀が存在したのか、しなかったのか、もっというと悟りがあるのか、ないのか。究極的にはどちらでもいいことだと思わない？」

尋ねている相手は、俺、だよな？

「俺はともかく、貫首がそんなことを言っていいんですか」

「今の私は貫首じゃないよ。そうだな、夜風、のようなものかもしれないね」

まあ、この三光寺に住み着く妖怪にならら見えなくもない。

「私はね、そもそも仏陀っていたの？　読経って何なの？　みたいにね、疑う人のほうが、もしかして仏陀の視点に近い場所にいるような気もするんだよね。だって、疑うっていうのは、検証しようとする前の段階でしょう。仏陀がしたのはね、この世界の事象を徹底的に客観視していくことだったの。腕時計のパーツを全部ばらして並べてみるのと似ているかな。最初から時計の存在を当たり前に思っていたら、そもそもばらそうとも思わない。それじゃ、永遠に空に辿り着かないしね。ねえ、禅一が今日の夜、お堂で瞑想をして、どういう顔をして出てくるのかはわからないけど、きっと君のお父さんと同じような時間を過ごすんじゃないかと思うよ」

「親父と？　なぜです」

「どちらも、最愛の人に抱く感情を見つめ続けているだろうからね」

はっとして、ぞわりと腕が粟《あわ》だった。

俺は、この寺に来てからというもの、禅一さんの姿を通して、いつかの日の親父の姿を垣間見ていたんだろうか。親父も、荒行堂にこもり、ああして放心したり結跏趺坐をして母さんへの扱いきれない想いと向き合っていたんだろうか。

尋ねても、きっと親父は何も答えてくれないだろう。

今さっきの円諦貫首の言葉が、耳の奥でふわりと甦る。

――仏陀が存在したのか、しなかったのか、もっというと悟りがあるのか、ないのか。究極的にはどちらでもいいことだと思わない？

それよりも、自らが結跏趺坐し、体解《たいげ》することだと貫首は言いたかったのだろう。

仏教ではなく、仏道。

いつかの禅一さんの声と相まって、今までねじれ、絡まっていた仏教への鬱屈した想いにようやく出口が見えた気がする。

「俺が座禅しても、何も起こりません。悟りに近づいているとも思えません。禅一さんや親父の座禅と何が違うんでしょう」

貫首が出来の悪い末弟を哀れみの目で見つめてきた。

「うんとね、君のは睡眠導入なんだよね。そもそも座禅になってない」

確かに、ものの十秒で雑念が湧き出し、いつの間にか夢うつつの状態になっている。

「俺にも、仏道を歩めるでしょうか」

「歩めるかどうか考えているだけで歩めるようになった人はいないよ。余計なことに思考を割かず、ただ無心に歩んでごらん」

ただ無心に歩む、か。さりげなく告げられたが、難易度はとびきり高い。

それでも、ごく自然に、上半身を折り曲げていた。

「俺を導いていただけないでしょうか」

どうして自分が、頭を深く下げ、こんなことを頼み込んでいるのかわからなかった。夜の地面をこんなにじっくりと眺めているのも初めてだ。

沈黙。こめかみにも手の平にも汗が浮かんでくる。

「どうして僧侶である僕に請うの。仏教には心を委ねられないんでしょう」

「はい。でも、仏道なら歩んでみたいと思っています」

人が絶望の淵にいる時、救いになり得る仏教の本質、仏陀の教えとは何なのか。親父は、禅一さんは、瞑想で何を得たのか。仏道を行った先に、たとえば苦しみの最中にいる祐子さんにかける言葉を持つ自分になれるのか。空とは、一体何なのか。

そういうことを、生まれて初めて、知りたいと思っている自分がいる。

頭を下げたまま、考え考えそのようなことを告げると、貫首が答えた。

「いいでしょう。それじゃ、君はこれから、みんなとじゃなく僕と夜の座禅を組もうか。ただし、条件がある。和菓子や競馬とは縁を切ってもらうよ」

やはり、全てお見通しだったのだ。

「修行に専念しろということですね」

「どうする、できそう？」

「よろしくお願いいたします」

「はあい。それじゃ、夜風から貫首に伝言しておくことにするよ」

そういえば、そういう設定だったな。

顔を上げると、すでに円諦貫首、いや夜風は吹き去っていこうとしていた。

我に返ってみると、くるぶしのあたりが非常に痒い。いや、のたうつほど痒い。いつの間にか、ヤブ蚊にしこたま刺され、腫れ上がっていたのである。この痒みを今さっきまでどうやって意識せずにいられたのだろう。

掻くだけでは足りず、ばしばしと叩きながら、泣き面で無心寮へと帰る。

未熟な意識は、それ以降どうにも痒みを忘れることができず、布団に潜ったあとは軽くまどろんだだけで起床の時間を迎えてしまった。

あの夜以降、禅一さんの目は、凪《な》いだ湖面のように静かになった。今までの禅一さんのようでいて、どこか違う。尖った剝き出しの部分があったのに、いや、今でもあるのだが、それが大分まろやかになり、人物全体の透明度が増した気がする。

きっと荒行堂で、禅一さんは何かを解消したのだ。それが何なのかを本当に知ることはできないだろうが。

＊

因みに今、禅一さんは一日のほとんどを座禅瞑想に費やすようになり、鋳型のような修行からは外れている。だが、ごくたまに朝晩の勤行に合流することもあって、そういう時は、無駄がなく美しい所作の一つ一つを見つめるうちに、何だか置いていかれたような奇妙な寂しさを覚えてしまうのだった。

夏と秋のあわいに、もう一つの変化が三光寺に訪れた。

一人、寺から出て行く人物がいたのである。

三光寺の修行僧全員が、円諦貫首を筆頭に彼を見送りに出た。

「私は、私なりの仏道を進んでいきたいと思っています」

網代笠の下で怪しい微笑みを浮かべてみせたのは、誰あろう高仙さんだ。

出立の前日、水汲みをしている時、突然目の前に現れた高仙さんは、愉快そうに俺に告げた。

「寺を出て行くことにしたよ」

「どこかのお寺に移るんですか」

怪しんで尋ねると、高仙さんは首を横に振った。

「いいや、楽園シフトという新しい集まりを主宰することにしたんだよ」

「――それって、新興宗教みたいなやつですか」

「源光や、君や、禅一には、それなりに楽しませてもらったけどね。まあもういいかなと思ってね」

質問をはぐらかして、高仙さんは俺を面白そうに見る。彼は、悪なのか。それとも彼もまた、ただ在るだけで、善でも悪でもないのだろうか。俺には判らなかった。だが、高仙さんが本格的に野に放たれてしまった時に、誰かの人生に強い影響を及ぼすであろうことはある程度予想がつく。しかも、悪い方向に。

おそらく全てを呑み込んだ上で、円諦貫首は、高仙さんを送りだしたのだろう。もしかして、緩く監視を付けるつもりなのかもしれないとは薄らと思った。

山門を出て、門の内に居並ぶ修行僧達に拝礼すると、高仙さんは軽やかに身を翻し、一歩、また一歩、山門を下っていった。

長くつづいた酷暑から一変、唐突に吹き始めた冷たい風に驚いたのか、一足早く赤く染まった紅葉が、風に払われてはらはらと落ちてきた。

悠々と山門を下っていく背中を、三光寺に籍を置く皆で読経とともに見送ったが、高仙さんは一度も振り返らなかった。

第四章　空《くう》

基本教義の一つ。無有、是非の両面の意味をもち、全ては言語上の区別にすぎず、夢幻の如きものであること。

夕日の差す部屋に、ただ蠟燭の明かりが一本、揺らめいている。

「力まずに結跏趺坐して、そう。目を閉じて。上半身を左右に揺らして骨盤の上にちょうどよく上半身が乗る場所を見つけたらそこに落ち着いて。うん、そんな感じ。じゃあ三人とも、一番下の背骨から順番に、積み木を積み上げる要領でまっすぐに起こしてみて」

いつもの円諦貫首の声。ただし、少しおどけている奥にナイフが潜んでいるような、こちらを微かに緊張させるものがない。

ここは貫首部屋だ。三人というのは、俺、陽元、そして定芯の新到組。あとは円諦貫首となぜか禅一さんもいて、皆で結跏趺坐している。

俺が貫首から座禅指導を受けると言ったら、定芯と陽元も熱心に貫首に頼み込み、このメンバーに落ち着いたのだ。禅一さんはおそらく、俺達の面倒を見るために呼ばれたのだと思う。

貫首の座す向こうには丸窓があり、そのまた向こうには孟宗竹の藪があり、葉のひしめくさらに向こうには、かなり高くなった空が深い紅色に染まっている。

もっとも今は目を閉じているから、夕景はすでに瞼の裏に残像となって映るのみだ。

「皆道も、陽元も、いつもはバレないように居眠りすることだけに腐心していたようだね。今夜は、まず自然に呼吸することの難しさを痛感してくれればそれで上出来かな。定芯と禅一は、そのまま続けて」

耳に痛い言葉のあとは、ふっと沈黙が訪れる。

貫首の言う通り呼吸に意識を向けてみる。吸って吐く、吸って吐く。途端に、呼吸がぎこちなくなった。

考えてみれば当たり前だ。呼吸を意識した途端に、自然な呼吸ではなくなる。

「難しいでしょ？　意識する、というのは、ただ呼吸を観察するということ。呼吸する体そのものから一歩引いた意識で、ああ自分は今、呼吸しているなあとただ認識しつつ、ただありのままに放置することだよ」

認識しつつ、ただありのままに——ややこしいだろ！

心の中で悲鳴を上げたところで、平べったい警策が肩に置かれる感触があった。

パン！　と乾いた音が響き、肩から刺激が広がっていく。円諦貫首から直に警策を受けたのは初めてのことだったが、先輩僧侶から受けていたのとはもはや別次元の感覚だった。何やら爽やかな冷感を伴う痛みが、しゅわっと炭酸のように弾けて全身に伝わっていく。

今ここ、に意識が戻ってくる。

ただ、それも一瞬のことで、呼吸を意識すればするほど、息苦しさだけが増していき、雑念が魑《ち》魅魍魎《みもうりょう》のごとく湧きだし、再び警策を受けることの繰り返し。

お香が燃え尽きるまでの約四十五分の間、結局、自然な呼吸を志すという、座禅の入り口のような状態で終了してしまった。

結跏趺坐を長時間行うと両足に負担がかかるのは今も同じだ。やれやれと組みをほどいて立ち上がろうとすると、貫首がおもむろに新しいお香を立てている。

「誰が、これで終わりだと言ったの？」

やや意地の悪い微笑みを浮かべて、貫首が告げた。

「さあ、呼吸に意識を向けて」

仏道を歩みたいなどと、迂闊なことを言うのではなかった。

これがあと何回つづくのかわからないまま、俺達は再び、不格好な呼吸を繰り返しはじめた。

＊

振鈴のけたたましい音が、夜の静寂にびしりと大きな亀裂を入れる。

これで、世間一般では夜だろうが何だろうが、三光寺では立派な朝である。だっと身を起こすや柏布団をまとめて所定の位置に放り、ほとんど忍者と競えるくらいの早業で着替えを済ませ、東司、洗顔、歯磨きまでの一連の支度を十分で終了させる。

そういえば、春にはこの十分を守れずに、皆で水汲みの罰が下ったことを懐かしく思い出す——余裕もないほど今朝は寒い。

顔を洗った水はきんと冷え、その冷水を浴びた皮膚はこれまた冷たい風に晒されてちりちりと痛いほどだ。

秋が深まり、刻一刻と冬に向かっている。だが、三光寺には暖房設備らしきものが一切見られない。吐く息は白く、歩く廊下は氷上のように裸足の足裏を刺してくる。

朝の座禅は、この外気同然の冷気の中で行われるのである。

雲版の音が響き、無心寮の廊下に一同出揃ったのが確認されると、今や押しも押されもせぬ殿司係の定芯が、読経しながら座禅堂へと向かって歩み出す。

朝は全体で座禅を行い、夜だけ円諦貫首に特別に見て貰う日々だが、座禅は、やればやるほど奥が深かった。

未だ呼吸さえ自然を意識しすぎて不自然になってしまうが、それでも調子がものすごくいい時には、心身が凪いだ湖面のように鎮まって調和し、自分の体は今まで感じていた確固とした個体ではなく、見事に連係したゆるやかな連合体であると感じられる瞬間があった。そういう時は、たとえば指先を流れる毛細血管まで一歩引いた場所から感じられる気がする。もちろん、ほんの一瞬で意識は乱れて調和を失い、もとの雑念の塊に逆戻りしてしまうのだが。

自ら頭を下げて教えを請うた座禅は、大学の講義や法話でただの言葉として聞いてきた仏教の教義と異なり、鮮やかな実感を伴って俺の意識にすとんと根を下ろしつつある。

俺、いや、〝私〟という、性別やら年齢やらを超越したニュートラルな点のような存在として自分を捉えると、一瞬前の自分でさえ今とは微細に異なっており、時間的な連続を伴う確固とした私などどこにもいない、もっと極端に言えば、座禅で感じるような〝私〟、精巧な有機的組織のゆるやかな連合体は、組織をどこまでもバラバラに解体してしまえば無であり、そこにはもう〝私〟などどこにも存在しないということがぼんやりとではあるが察せられてくる。

すべては無常であり、私とは〝空〟である。

同じことを散々耳にしてきたはずなのに、俺は生まれて初めて、それらの事実に素直に耳を傾けつつあった。

座禅が終わると、本堂へ移動して読経。掃除を行って粥座。

食事量はもちろん足りないのだが、不思議なことに以前ほど辛くはない。座禅を本格的に始めてから、食べることに対する執着が収まってきたのである。もちろん、足りないということに意識を向けてしまうと、欲が剝き出しになって心の中で暴れ回ることもあるが、ああ自分は腹が減って隣に座る源光の粥まで奪い取って食べたいのだな、大変だな、と一旦自分で自分を受け止めてやると、暴れ回る食欲を少しは手なずけることができるのだった。

粥座を終えたら、新到四人で寺の裏山の麓に集って湧き水の汲み場までポリタンクを携えて登る。

足腰も大分鍛えられたが、間食を止めて以来、計ってはいないが体重がわかりやすく減っており、そうそう体力を無駄には使えない。無駄な肉イコール余力でもあるのだと痛感する。

「ああ、疲れたあ」

斜面の途中で悲鳴を上げたのは源光だ。

新到の中では座禅に唯一参加せず、和菓子を摂取するのも止めていない。相変わらず弱音ばかりで、何となく自分の恥ずかしい部分を目の前で見せつけられているような気になってしまい、密かに赤面した。

「なあ、ちょっと休まないか。ちょうどいい倒木があるしさ。みんなが間食を止めるのは勝手だけど、俺はまだ止めてないわけだし」

「そっちこそ何を勝手なことを。だったら一人で座っていればいいだろう。俺達は水汲みをつづけるよ」

定芯が苦笑しつつ答えると、源光が珍しく言い募った。

「でも、今日はちょっと相談したいこともあるんだよ」

「何だ、遂に修行に身を入れるつもりにでもなったのか」

陽元のからかい口調に、源光が真顔で首を振る。

「まさか。寺フェスのことだよ」

「寺フェス？　あのDJ和尚、龍之心《りゅうのしん》様が主宰している？」

定芯がせっかちな歩みを止めてようやく振り返った。すでに瞳が星のように輝いている。

どうやら、定芯には寺の外にも崇拝している僧侶がいるらしい。

こいつ、仏教オタクじゃなくて、ただの坊主オタクなんじゃないだろうか。


結局、まんまと四人して倒木に座り、皆、源光の漂わせるほんのり甘い栗まんじゅうの香りを嗅ぎながら、寺フェスとやらの話を聞く羽目になった。もっとも、座るなり熱く語り始めたのは定芯のほうだが。

「陽元も皆道も知らないだろうから僕から説明するけどね。大波《おおなみ》龍之心様っていうのは、業界の革命児とも言われている生きたレジェンドなんだ。檀家や若者の仏教離れに危機感を募らせて、亡くなった人のためじゃなく、今生きてる人たち、とりわけ若い人たちに仏教の良さを知ってもらおうと、円諦貫首みたいに宗派の垣根を越えて次々に新しい試みを実現させてるんだよ」

熱っぽい口調は、思春期の少女が推しのアイドルについて語るそれとあまり変わらない。語りすぎて唾が気管に入ったのかむせてしまい、源光が続きを引き取った。

「檀家なんて減る一方だし、寺の住職も経営者としての側面がないと成り立たないなんて言われてる時代だしね。大波さんは、クラブを借り切って読経をテクノにして流したり、色んな宗派のお坊さんや画家とかヨガの修行者、瞑想家、あとは無農薬野菜の農家なんかともコラボレーションをして、イベントを開催してるんだ。それが、寺フェスって呼ばれてる」

フェスだの、テクノだの、修行寺の裏山で聞いても、もはや縁遠い場所、いや別世界の話にしか思えなくなっている。

それらを積極的に融合させている僧侶がいるという話に驚かされた。

「で、その大波さんの寺フェスが俺達になんの関係があるんだ」

陽元が首を傾げると、源光がにやりと口の端を上げた。

「俺達、バンドを組んで出てみないか」

沈黙が降り、葉擦れの音だけがさらさらと響く。次の瞬間、陽元と俺が二人揃って顔の前で右手を振ってみせた。

「いやいやいやいや」と、俺と陽元。

「バンドってそんな、中学や高校の文化祭じゃないんだからさ」

俺の諭すような声に、陽元も同調する。

「そうそう。俺なんて小学校の頃、リコーダーもうまく吹けなかったくらいだし、ギターもベースも触れたことすらないし」

「俺はまあ、一時憧れてギターをやってたけど、とても人前で演奏できるレベルじゃないし。なあ、無謀だよな——定芯?」

絶対に反対であろう定芯に目を向けると、何やらいつもと様子が違い、まだ熱に浮かされた様子で源光に尋ねる。

「ってことは、大波龍之心様にお会いできるんだよね」

「あ、ああ。もちろん。同期の坊さんが言うには、寺フェスに参加予定だった坊主バンドが突然、出られなくなって、それで空きを埋めてくれるバンドを探してるんだってさ。二週間後だよ」

「やろう」

やおら、定芯が立ち上がる。

「冗談だろう。二週間で演奏を仕上げるなんて無理だろうよ」

焦る俺や陽元のことは無視し、定芯が源光に駆け寄って両手を握った。

「頑張って成功させようね、僕達四人で」

おいおい、何を勝手に決めてるんだよ。

啞然としている俺と陽元に、定芯が訴えてくる。

「僕、何とかドラムならできると思う。陽元や皆道だって寺の外に出られるし、それに一般の若い人たちに仏教の良さを知ってもらえるなんて素晴らしい活動じゃないか。ね、参加できるよう、円諦和尚に頼んでみよう」

「いいけどさあ。ドラムが定芯、ギターが俺として、ベースは？　陽元は無理だろう」

源光の場合、脱走事件の時のように押さえつけると燃え上がって無謀なことをしかねない。今のようにやんわり受け止めて、提案を立ち消えにしたかった。

「ベースなら僕、できるよ。昔、ギターよりベースがモテるって聞いて、はまってたことあるし」

源光が事も無げに言ってのける。寺の息子とはいえ、こんなものである。

そっと溜息をつく俺に、定芯が熱心に請け合った。

「大丈夫だよ、皆道。バンドをやると言っても僕達は仏道から離れてしまうわけじゃない。提案なんだけど、いつも読んでいるお経をいくつか現代語訳して、ロックにして歌わないか。そしたら、単なる呪文みたいに響いていたお経も、今生きて必要としている人に届く言葉に生まれ変わるだろう」

「それ、すごくいいな。さすが仏教オタクは考えることが違う」

源光がもてはやすと、定芯が「褒められて嬉しくないわけじゃないけど、まあ、これもすぐに移り変わる感情の一つさ」と、禅入門みたいな発言をした。

陽元がそわそわと立ち上がる。

「なるほどなあ、お経を現代口語で歌うバンドかあ。それなら、わかるかも」

ん？　何を言ってるんだ、陽元。

「俺は三人と違って、実家が寺でもなんでもないし、そんなに熱心に墓参りするような家でもないからさ。実はお寺とか墓とかって、本質的にはいらないんじゃないかなって思ってるとこあって」

「ああ、それは僕もわかるつもりだよ。父さんに言ったら大げんかになるから、言えないけどね」

「定芯がそんなこと言うなんて意外だなあ」

声を出したのは源光だが、俺も内心驚いたし、陽元も同じようだった。当の定芯は澄まし顔でつづける。

「今みたいな檀家制度ができたのは江戸時代のことで、言ってみればつい最近なんだ。寺院でお金が回るシステムが出来上がったことによって、仏教本来の修行が形骸化したというのは、やはり一側面では事実だと思うんだよね。もっと悪いことに、供養を怠るとご先祖様のバチが当たるなんていう脅しを植え付けるのって、法要で儲けるランニングビジネスだって言われても仕方がないところがあるしねえ。でも、今回のイベントは、紛れもなく生きてる人たちが、自主的に仏教に興味を持ってくれるよう開かれるものでしょ。僕には、すごく意義深いことに思える。死者のためじゃなく生きてる人間のための仏教なんて最高じゃないか。ねえ、みんなで頑張ってみない？　読経バンドとかいう名前にしてさ」

定芯、おまえ、優等生かと思ったら、もしかして革命家だったのか？

「何だかやる気が出てきた！　じゃあ俺は、タンバリンでも握って立ってるかな」

「いや陽元は背も高いし、声に迫力もあるし、ボーカルがいいんじゃないかな」

「いいねえ。陽元ならぴったりだよ」

源光が嬉しそうに頷く。

陽元が定芯とがっちりと握手を交わし、源光も加わる。皆が、俺にも加わるよう目で促してきた。

「いやいやいやいや」

もう一度、手を顔の前で振っているが、先ほどより振りが弱まっているのは何故か。

死者のためではなく生きている人間のための仏教。その言葉が、俺の心に新鮮な風のように吹き込んできたせいかもしれない。

三光寺に来てから、円諦貫首のもと、徹底して今この時を生きるという修行を見せられていたし、手を替え品を替え、そのメッセージは発せられていたのだと思う。だが、定芯の言ったことは、そのことを今までで一番わかりやすく、ストレートに伝えてくる気がした。

「なあ、やろうぜ。娑婆に出て競馬に行きたくなったら、俺達で止めるからさ」

陽元が、歯を見せて笑う。

ぽろりと、つきものが落ちたような清々しさを感じて、俺も気がつくと立ち上がっていた。

「まあじゃあ、一つ、やってみるか」

この流れを、三光寺にやってきたばかりの俺が見たら腰を抜かすだろうな。

内心で考えると可笑しくて、自然と口角が上がる。

「でも、円諦貫首にどうやって許可を取ればいいかな」

定芯が少し難しい顔をし、源光が首を傾げた。

「どうやってって、別に普通にお願いすればいいんじゃないの」

「詰めの甘い人だなあ。だって、どんな通信手段も没収されているはずなのに、どうやって源光は同期のお坊さんから連絡をもらったの」

「あ」

源光が、みるみる固まっていく。

大方、例の小屋にあったPCでメールのやりとりでもしたのだろう。

想像通りの告白をする源光に、皆の苦笑いが止まらない。

冬へ向かう澄んだ山の空気には、地面に枯れ落ちてきた杉の葉の香気が満ちていた。


新到四人と禅一さんが円諦貫首の前に横並びに座っている。

夜の座禅瞑想を始める前の時間をもらい、寺フェスについて説明したばかりである。貫首は面白そうに目を細め、俺達を順番に見つめた。

「ほう、遣いで町へ降りた際、偶然に旧友と再会し、たまたま寺フェスに誘われたと」

「その通りです」

源光の声はかなり上ずっていたが、貫首はそれ以上、突き詰めるつもりはなさそうだ。もっとも、戒律を破りまくっている源光は、おそらく寺としてもまだ修行僧としてカウントしていない。従って、俺が競馬に関して泳がされていたのと同じように、責められることもないだろうと踏んでいた。

案の定、貫首が大仰に頷く。

「それじゃ、参加してみたら。水汲みをもう長いことやってもらっているし、その時間を読経バンドの練習にあててもいいよ。ただし、水汲み以外の修行に影響が出ないように気を付けて」

「ありがとうございます！」

一同、頭を下げる。

「禅一、今回も一応、お目付役をやってもらうよ」

「――わかりました」

以前なら、何故俺がというピリついた気持ちが声にも表れている場面だが、禅一さんの声はあくまでも穏やかだった。

この頃の禅一さんは、寝ている時以外はほとんど瞑想しているのではないかというほど、姿を見かける度に結跏趺坐している。たまに参加していた朝晩の勤行も、今ではとんと姿を見せなくなってしまった。

座禅中の禅一さんの存在は、さらに透明度を増し、今ここ、ではなく、薄皮一枚向こうの別次元にでもいるようで、見ているこちらを落ち着かない気持ちにさせた。

「ところで、どのお経を現代語に訳すつもりなの」

「スッタニパータを」

嬉々として答えた定芯に、禅一さんが頷いてみせた。

「ふむ。仏教の宗旨が多様化している現在、そもそもの仏陀の教えは何だったのか、原始仏教に触れてみるのも意義深いことだろう」

スッタニパータとは最古の経典のうちの一つで、それまで口伝されてきた仏陀の言葉がまとめられたものとされている。もっとも仏陀が滅してからたっぷり五百年も経ってからのことだから、多くの脚色が施されていることは間違いないだろうが。

貫首が相づちを打つ。

「そうだね。ただし、スッタニパータは、出家者が出家者に対して説いた教えだからね。寺フェスというのは、一般の人達にもっと仏教を親しんでもらうためのものなんでしょ。少し工夫して現代の人たちにも伝わりやすいようにしていかないとね」

「はい、頑張ります」

そのまま自然と、夜の瞑想が始まった。源光は戸惑っていたが、敢えて出ていこうとはせず、俺達に加わって結跏趺坐している。

「鼻から吸って、吐いて。この吸って吐くに境を設けずに一連の円環する動作として行うようにね。はい、自然な呼吸だけに意識を向けて」

最初は意識を向けるだけでぎこちなくなり不自然になっていた呼吸が、座禅の回数を重ねるうちに、だんだんまろやかに自然になってきている。空気が鼻孔を震わせ、鼻腔をなで上げるようにして吸い上がり、気管から肺へと降りていく。定芯や禅一さん、それに円諦貫首は、俺の感じられない肺への空気の出入りまで意識のセンサーが働くそうだ。

今夜は、俺にもそれらが感じられそうな気がしていた。

心と身体は結びつきながらも、別々のものだ。普段は意識などする前に呼吸をし、手先を動かし、目の前の障害物を避けてくらしている。

円諦貫首は、身体の反応だけではなく、心の反応も同じだと断じる。

これまでの快、不快の経験則から、脳が心地よいと判断したものには欲望が際限なく生じ、不快なものには怒りを燃やしたり、避けたりして暮らしている。そして驚くことに、そこに自分の意思はない。ただ単に、反射として脳が快、不快を仕分け、心がその仕分けに従って、生きているというのだ。

俺は、俺達は、それほど不自由に、脳に操られた存在なのだという。

すべてを意識の支配下に置く。これまでのように乱雑に、無意識的にこの身体という乗り物を操縦するのではなく、自分の意思で操縦する。脳ではなく、魂で判断する。

いわば、オートマからマニュアルの運転に切り替える感覚に近いのかもしれない。

ああ、呼吸だけに意識を向けていたはずが、いつの間にか意識は雑念に呑み込まれてしまっている。おまけに眠気まで湧いてきたようだ。

意識を一旦引き戻し、湧いてきたものに名前をつける。

雑念、雑念、雑念。眠気、眠気、眠気。

この行為は、洗剤が油汚れを布から浮かせるのに少し似ている気がする。名付けによって選別された念は意識からきれいに引き剝がされ、やがて去って行く。眠気の効力も弱まり、意識は再び、今ここ、呼吸に戻ってくる。少なくとも一旦は。

雑念は果てしなく湧き、思考はすぐに今ここから離れたがる無限連鎖である。

それでも、漢訳されたお経を読むよりも、座禅に取り組む修行はわかりやすかった。何より、今ここに生きている自分のために行っているというのが実感しやすい。

ああ待て待て、この思考も雑念ではないか。雑念、雑念、雑念。

雑念と格闘しているところで、ちょうど、円諦貫首の声がした。

「今日はここまで。禅一、第三禅定の途中かな。その調子でつづけて。定芯、なかなかよかったよ。感情に呑み込まれずにね。皆道、まだまだ意識が散漫だけど、呼吸に集中できる瞬間もごくたまにあるようだね。タイミングを見て次の段階へいくよ。源光、つづけるようなら、明日も来て。

さて、私は一人でもう少しつづけるとしよう。すまないけど、あとは各自、寮にでも戻って好きなだけやってみて」

座禅が終わったあとは、いつも皆、無口になる。といっても寺の中は基本的に私語厳禁だから無口なのは当然なのだが。ただ無口というだけではなく、それぞれが歩く動作により集中し、自分を静かに内観しているのが伝わってくるのだ。

無心寮に戻り、柏布団を敷いて自然な呼吸を繰り返し、その日だけの角度や柔らかさで射し込む月光に包まれ、眠りに落ちる。

シンプルな営みの中に、不思議な平穏があった。

＊

涅槃亭の鍵を回し、中へと入る。

食器類や調理器具、それに食材がほどよく詰まっていた厨房や食料庫はがらんとしており、テーブルや椅子だけが、訪れる人の途絶えた空間に佇んでいる。

「へえ。ここが、高仙さんが説法会をやっていたカフェなんだ」

後につづいた源光が、きょろきょろと店内を見回している。俺は、禅一さんが気がかりでちらりと目の端で意識するのをやめられないでいた。俺を除く新到三人は、祐子さんと禅一さんの複雑な関係を知らないから、主の不存在が際立つ店内を無邪気に見学して回っている。

それにしても、これが初夏まで若い女性客で賑わっていた店かと目をこすりたくなるほど部屋の空気が殺伐としている。

本当に、すべてのものは無常である。

禅一さんの横顔を再び盗み見たが、少なくとも表面上は凜としており、心乱れている様子は見受けられなかった。

「さあ、さっさとはじめようよ」

いつになく生き生きとしている源光がせっついてくる。

俺達新到四人と禅一さんがここにやってきたのは、例の読経バンドの練習のためだ。ここを使えばいいと提案してくれたのは円諦貫首で、俺達は喜んでその提案を受けることにした。

祐子さんが去った今、店が誰にも使われていないことを懸念もしていたのだろう。交換条件は、店を掃除することだから、この練習が終わったら皆で寺の廊下を磨き上げる要領で雑巾がけをすることになっている。

定芯が集まった皆におずおずと告げた。

「練習のまえに、みんなでスッタニパータの訳を見てくれないか。禅一さんも、良かったらお願いいたします」

俺達同期に渡したのと同じプリントを、頬を紅潮させながら禅一さんにも手渡す。大波龍之心様とやらへの思慕は一体どうしたのだ。節操のない奴である。

手渡されたプリントに目を通す間、皆、無言になった。

そのまま、誰も何も言わない。座禅で平常心を養う段階へと進んでいる定芯だが、さすがに居心地が悪そうに尻をもぞもぞとさせ始めている。

「あの、どうかな。忌憚のない意見を聞かせてほしい。虚言をしないというのも大事な修行なんだし」

「私はいいと思うがな。よく教えを繙《ひもと》いてあると思う」

禅一さんのお墨付きに、ぱあっとわかりやすく定芯の顔が輝き、平常心など喜びの彼方に吹き飛んでしまっている。

だが、禅一さんのお墨付きに喜ばれてしまっては、少し困った事態になりそうだ。

「あのな、定芯。俺、スッタニパータには全然詳しくないんだが、ただ詳しくないからこそ言うんだけどな、これ、ちょっと玄人《くろうと》向けすぎて、素人にはわかりづらいかも」

というか、硬い。硬すぎて全然教えの内容が入ってこない。これなら、昨日ちらっと見せてもらった元の現代語訳のほうがまだわかりやすいような気がする。

何しろ、元の現代語訳には「ブッダはおっしゃった」と書いてあった箇所が「ブッダ曰《いわ》く」とわざわざ漢文調に直されたりしている。

定芯が素直にうなだれてみせる。

「そうか。僕、ロックとかあんまり聞かないし、やっぱりダメか」

「そうだなあ。俺個人は嫌いじゃないけどな」

仏陀がいるかは知らないが、このくらいの虚言の罪はお許しくださるだろう。

「でも一応、ロックバンドなわけだしさ。ブッダ曰くとか言われても勢いなさすぎだと思うんだよね。もうちょっと大胆に意訳してもいいんじゃないかな」

無邪気に言いたいことを言ったのは源光だ。

「すまない、ご詠歌のノリでやってしまった」

定芯は素直に頷くと、少し腕組みをしたあとで俺に視線を向けた。

「僕にはロック調の訳は荷が重いかもしれない。なあ、ここは皆道が頑張ってみないか」

「――なぜ俺？」

内心、焦って問い返す。

「いや、このメンバーの中だと一番、ロックを聴いていそうだなと思って」

「それは正見《しょうけん》ではなく偏見じゃないのか」

物事を偏りなく正しく、ありのままに見る。悟りの境地に到るための八つの掟のうちの一つだ。

すかさず陽元から質問が飛んできた。

「一番好きなロックバンドは」

「ストーン・ローゼズ」

「ほら、即答だし」

陽元がにやりと笑う。

ああ、そうですよ。確かにロックは嫌いじゃないですよ。だが問題は、ロックが好きだというだけで、訳の能力はまったくないことだ。

「俺の国語の成績は二がいいところだぞ」

「だから、そういう人間のほうが、いい訳ができそうな気がするんだ。ちょっと行儀の悪いロックっぽい訳ができそうでしょ」

定芯の声に、禅一さんをはじめとして皆が頷いた。

「それは正見かもしれないな」

なんだかイラッとさせられる意見である。怒り、怒り、怒り。

その夜、いつものように円諦貫首の部屋で夜の座禅を組んでみると、珍しく調子が良く、自然と呼吸を客観視することに成功していた。

これだ！　と感動したが、その感動に執着することなく手放し、平常心を保つ。

「いい？　これまでとは違って呼吸を意識する範囲を狭めるよ。とりあえず、鼻の先から付け根までね。範囲が狭くなる分、意識が遊びたがるかもしれないけど、すぐに、今ここ、に戻ってきて」

呼吸だけを意識の焦点にし、貫首の声に導かれて、意識の範囲を狭めた。すると、そこだけを虫眼鏡で覗いたように、呼吸に伴うよりダイナミックな器官の働きが見えてくる。

俺の珍しい様子に気がついたのか、円諦貫首が声をかけてきた。

「皆道、さらに意識の範囲を狭めてみて。今度は鼻先の一点だけに意識を集中しようか」

言われた通り、今度は鼻先の一点を意識し、ひたすら観察する。やがて、ぴりぴりとした微炭酸のような刺激に気がついた。空気が身体の奥から発せられる引力に従い、鼻孔へと入っていく時の刺激だ。

やや皮膚が乾いているせいか、空気が擦れるたびにひりつくような痛みを覚える。別に今現れたばかりの痛みではなく、恒常的なものだろうが、脳が痛みとして情報処理していなかったのだと思われる。空気が鼻の入り口の毛を揺らし、皮膚を撫で擦って微かな痛みを与えながら通り過ぎていく。これだけの刺激を普段は無意識にやり過ごしているのである。

痛み、痛み、痛み。驚いている、驚いている、驚いている。

感情にも感覚にも執着せず、善悪の判断もせずにただ認識し、放置していると、やがてそれらも過ぎ去っていく。

もっとできるぞ！

達成感につづいて、純度の高い喜びが湧き上がってくる。ほとんど有頂天になりかけた時、とある異変が起きた。

——何だよ、これ。

目を閉じ、結跏趺坐したままにも拘わらず、ほとんど暴力的な唐突さで、おぞましい映像が現れたのである。先ほどまで真っ暗だった視界いっぱいに、目を背けたくなるようなイメージが広がっている。

それは、とある暗い記憶の断面だった。

心が生き残るために、必死で無意識の領域にまで押し込めていたのに、今になってどうやってか浮かび上がってきたのだろう。

——不自然なほど白い、母親の死に顔。

やめろ、こんなものは見たくない。

目を開こうとするのに瞼が痙攣《けいれん》して動かない。

意識が、通常よりかなり感度を増しているせいか、浮かび上がるイメージは鮮明そのものだった。

やめろ、やめろ、やめろ！

必死で叫び、瞼に力を込めてようやく開いた。

結跏趺坐を焦って解き、不格好によたよたと立ち上がって辺りを見回す。

今ここ、に戻ってこられた？

肩で息をつき、荒い呼吸を一人繰り返すと、いつものメンバーが静かに結跏趺坐している姿が目に飛び込んできた。

「平常心の訓練も、もう少し重ねていかないとね」

座したままの貫首が、まだ息の荒い俺を見上げた。

「申し訳ありません」

短く拝礼したが、もうそれ以上座禅をつづける気にはとてもなれずに、貫首部屋をよろよろと出た。

何だよ、今のは一体。

目を開く直前、別の映像も眼前に押し迫っていた。ちょうど子供が下から見上げたような角度の、実家の阿弥陀如来像である。不気味で不吉な微笑。

振り払っても、振り払っても、母さんと阿弥陀如来の顔が瞼の裏に繰り返し残像となって現れた。

＊

初心者でも簡単に演奏できるというイギリスのバンドの楽曲を源光が選び、とりあえず各個人での練習が始まった。

昨日のうちに、涅槃亭には源光の手配した演奏機材が運び込まれているのである。

「なあ、これだけの設備、一体どうやって手配したんだ」

源光に尋ねると、しれっと答えた。

「別に、婆ちゃんに頼んで手配してもらっただけ」

「うわあ、源光の婆ちゃんって何者？　これ、全部新品でしょ」

定芯がドラムを軽く叩きながら歓声を上げている。平常心はどうした平常心は。

「あれ、言ってなかったっけ。僕の実家って比流山龍生寺なんだ」

「ん？　俺、その寺の名前、聞いたことがあるぞ——って、そこ、初詣とかご祈禱でものすごい有名なマンモス寺じゃないのか」

世の中には三種類の寺がある。すなわち、儲からない寺とまあまあ儲かる寺とものすごく儲かる寺だ。比流山龍生寺といえば、ものすごく儲かる寺の中でも頂点付近に位置する一大寺院である。

「そうか。おまえ、その環境があれでその仕上がりになったんだな」

とっさに憐憫の表情を源光に向けてしまったが、向こうは悪びれない。

「何とでも言ってよ、もう慣れたから」

「何でもいいが、そろそろ練習を始めないのか」

禅一さんが呆れたように口を挟む。

ようやく、それぞれ、スコアを見ながらの自主練が始まった。

定芯も源光も、何とかなると言ってただけあって、なかなかの腕前である。

「やるなあ、定芯のドラム」

「木魚を叩くリズムで英才教育されてるからね」

なるほど。どうりで朝晩の読経でも、定芯が木魚を叩くと乱れがないわけだ。しかし、定芯にも増して驚かされたのは、源光のベースだった。陽元も同じ気持ちだったようで、素直に賞賛の眼差しを向けている。

「それ、ちょっとはまったたっていうレベルのベースじゃないだろうに。かっこいいなあ」

「まあ、かなり上手くなっても、思惑と違ってモテなかったけどね」

「はは、チーンだな」

皆で時々、しょうもない無駄口を叩きながら練習する。

初心者でも演奏しやすいという触れ込みだけあって、俺のギターは基本的に三つのコードを使い回すだけ。いわゆるスリーコードの楽曲で、どちらかというとパンクロックに近い趣らしい。

スッタニパータの訳も、このコードみたいにシンプルで盛り上がるやつがいいな。

指がつりそうになりながらひたすら三種類のコードの押さえ方を指先に叩き込んでいると、禅一さんが、手持ち無沙汰にタンバリンを振りながら厨房に佇んでいるのが目に入った。

多分、気持ちは〝今ここ〟にいない。

傷み、傷み、傷み。

禅一さんの心の声が漏れ聞こえるようで、そっと目を逸らす。

彼の心の傷は、いつになったら癒えるだろう。

人の心配でしんみりしている場合かよ。昨日のあれ、今夜の座禅でも出てくるんじゃないのか。

自らが囁いてくる声にぎくりとさせられた。

そうだ。あれは一体、何だったのだろう。古い記憶が浮かび上がってきたのか、それとも記憶に近いただの夢なのか。いや、夢と呼ぶにはあまりにも生々しく、線香の匂いや母さんの顔の毛穴まで見える気がした。リアルすぎて、昨日の夜は寝る間際までフラッシュバックに苛まれたほどだ。

「練習しないのか」

「わ！」気がつくとすぐ脇に禅一さんが立っていて、小さな声で尋ねてきた。

「脅かさないでくださいよ」

「昨日はおかしな幻でも見えたか」

「――気がついてたんですか」

「おかげで禅定に入り損ねたからな」

禅定というのは、ある一点のみに心がとどまり、大きな喜悦感や安楽感を伴う状態らしい。もっとも、禅定には段階があり、禅定の初期段階に僅かに残る感覚、訪れる喜悦や安楽にも執着せずに手放した先には、どこまでも凪いだ平安のみが残るのだという。

いずれにしても集中力が今の自分より遥かに研ぎ澄まされたあとの話だろうから、想像さえも上手くつかない。

禅一さんは、その禅定をすでにものにする段階にいるのだ。

「何か、好ましくない映像だったんだな」

ずばり切り込まれて、何も答えられなくなる。

「あまり無理はするな。見えたものに呑み込まれて心の状態が悪化することもある。だが、もしも今だという感覚があるなら、そいつを手放すチャンスでもある」

禅一さんと俺の視線がぴたりとかち合う。

「どうだ、対峙してみる気はあるか」

「俺は――」

頭の中で映像がフラッシュバックする。とてもではないが、もう一度見たいとは思えない。

沈黙したままの俺に向かって、禅一さんが表情を和らげた。

「時が満ちたら、円諦貫首に相談してみるといい」

再び厨房へと引っ込みかけた禅一さんを、気がつくと呼び止めていた。

「禅一さんはどうなんです。見たくないものとか、見えたりしないんですか」

「それは、見えることもあるさ。これでもかという程な」

春だったら、胸ぐらを摑まれていた場面だろうに、禅一さんは穏やかに立ったままだ。その姿には、高仙さんの毒のある美しさとは違う種類の引力がある。

透明度の高い泉を見つけたら、思わず立ち止まって覗きこみたくなる。そんな感覚に近いかもしれない。

「皆道、ぼうっとしてるなら、歌詞の訳でも進めてよ」

源光がきびきびと指摘してきた。

「ああ、悪い、悪い」

慌てて定芯からもらったスッタニパータの訳を広げて、まだ白紙のままのノートをボールペンでつつく。

円諦貫首がおっしゃっていたように、この経典は主に出家した信者に向けられた発言を拾《しゅう》遺《い》したものだから、そのまま訳しても聞いた人達にそっぽを向かれる可能性が高い。

だが、定芯の訳をぱらぱらと捲るうちに、ぱっと目に飛び込んでくる箇所があった。

うん、この辺りなら、けっこういい感じで柔らかく伝えられるかも。

一旦意訳に取りかかってみると、これが存外に楽しかった。少なくとも、例のフラッシュバックのことを考えるよりは百倍いい。

いつしか皆の練習する音も耳に入って来ないほど集中していく。自分も信じられそうな仏陀の言葉を、今の感覚にあった言葉に置き換え、もっともしっくりくるものを選んでいく。陽元の少しハスキーな声で魂を込めて歌えば、ぐっと来る仕上がりになりそうだ。

ボーカルは曲が完成するまですることがないからと、陽元は先ほどからせっせと窓拭きに励んでいる。その横顔は、春に出会った頃よりもずっと穏やかになっている。

どこか得体の知れないところがあったのだが、その剣呑さが薄れたのだ。

変化が起きたのは、やはり、夏に葬式の手伝いに出向いてからだ。ずっとわだかまっていた友人の死を完全にではなくても溶かし始めているんだろう。今は、円諦貫首に命じられて時々ヘルプに出かけても、あの時のように顔面蒼白になることもないし、夜中に急に唸り声をあげて起き上がることもない。

〝即効薬なんてない　でも　俺達はここにいる〟

慈悲の章から内容を抜き出しつつも、オリジナルの歌詞を付け加えていると、不思議と、仏陀が訴えかけてくるような気がした。

〝幸せになれよ　幸せになれよ〟

う〜ん、仏陀ってこんなにいい奴だったんだろうか。

口に出したら、定芯や禅一さんに本気で怒られそうだから心の中だけで呟く。

「明日くらいから、歌えそうか」

気がつくと、陽元がそばに立ってノートを覗き込んでいた。気恥ずかしかったが、どうせ歌ってもらわなくちゃいけないのだ。

観念した俺は、たった今つくったばかりの歌詞を、皆を呼び集めて見せてみた。

「へえ、いいんじゃない」

「うん。なんか俺、じんと来た」

源光と陽元が賛成してくれるのは、予想できた。問題は、あとの二人だ。定芯と禅一さん、二人の仏教オタクは、俺の意訳をどう受け止めるだろう。

先に口を開いたのは禅一さんだった。

「これはもう、スッタニパータではないな」

「ですね。どちらかというと、エッセンスを汲んで作詞した皆道のオリジナルだよ。でも――」

「ありだね」「ありだな」

同時に発せられた二人の声を聞いて、口角が自然と上がっていく。

「これなら、貫首もおそらく賛成してくださるだろう」

「よっしゃ、あとはひたすら練習だ！」

源光が叫んだ通り、それからは練習の日々が始まった。禅一さんでさえ、どこか楽しそうに、タンバリンを振っていた。

動き、まだかなりぎこちないですけどね、禅一さん。

*

例の不気味なイメージに襲われた夜から、全体で行う朝の座禅にも変化が訪れた。

呼吸を意識で追い、鼻の先へとフォーカスを狭めていくうちに、様々な映像が湧き上がってくるのだが、それがいちいち感情に揺さぶりをかけてくるものばかりなのだ。

母さんの死に顔や不気味な如来像の映像は、一度訪れたきり、今のところ浮かび上がってきてはいない。おそらく、自分で自分に強いブレーキをかけているのだと思う。

代わりに頻出するのが、競馬のシーンとそれにともなう万能感である。いつまでもその状態に心身を浸していたくなるような圧倒的な心の高揚が、疾走しては消えていくサラブレッドたちの姿とともにつづく。

呑み込まれるな。

意識を引き剝がし、ニュートラルな状態へと心を整える。

高揚している。高揚している。高揚している。

善悪の区別をせず、自ずと変遷していく心の様子をただ眺めるようにする。意識しすぎると、善悪をつけないこと、眺めることへの執着が逆に生じてしまうから、なかなかバランスが難しい。今日も心をうまくコントロールしきれずに、いつもなら名付ければそのうち消え去っていく感情が、なかなか霧消しなかった。

ほら、競馬は気持ちがいいだろう。生きることの虚しさを忘れられるだろう。

ねっとりとした声は、俺自身のものだ。

恐れ。恐れ。恐れ。

定義しても、己の声は消え去りきらず、わだかまるような状態で片隅へ行き、また新たな映像が浮かんでくる。その光景に、はっと息を呑んだ。

俺の眼前に、隕石が穿ったような、巨大な、底の知れない穴が現れたのである。

いつかの座禅でも浮かんできたことがある。確か、禅一さんと行動をともにし始めて、目の前の修行から、再び己の内へと意識が向き始めた頃のことだ。

穴の周囲からは、さらさらと砂が落ちこぼれていく。

しかし、これはあの時と同じ穴だろうか。さらに、巨大化していないか？

穴の縁に佇み、おそるおそる中を覗き込んでみた。夜の森に佇む巨木の虚のような、ぬばたまの漆黒。静まりかえった虚空は、いっそ神聖でさえあった。

この現象は、どう定義すればいいのだろう。これまでのように変遷していく種類のものではないと直感が告げていた。

そう、これは感情ではない。では一体、何なのだろう。

覗けば覗くほど、ただの空っぽだった。

感覚を傾けつづけているうちに、俺の声が再び訴えてくる。か細い、今にも消えそうな声で、ある一定の要求をしてくる。

刺激がほしい、刺激をくれ、もっと刺激を——。

俺を競馬場に向かわせる声。死から顔を背けさせる声。死だけじゃない、生きることからも目を逸らすための声。

いつの間にか自分の身体が、母さんの亡骸の前に座る幼い頃のそれに遡っている。

蠟人形のようだった母さんの死に顔。身体はただの入れ物でしかないという、ありふれた、しかし自分が解体されつくしてしまうような恐ろしい確信。

ねえ、僕は一体何なの。死んだら、どうなるの。母さんは無になったの。僕も、他の人間達も、みんな無になるの。そもそも僕は、存在しているの。

あの頃ははっきりと言葉にできなかった感情が、言語化されて溢れ出し、穴の中の虚空へと吸い込まれていく気がした。

生きること。そうだ、これは、この虚無は、生きることそのものなのかもしれない。この寄る辺なさ。己がただ孤立してあり、流れる時間の中に放り出されているような、圧倒的な絶望の正体がこの底知れぬ穴なのだとしたら。

生まれ落ちた時から、古い馴染みのように俺の真ん中にあった虚ろ。生きることは虚無。俺達は、皆、虚無を身体で包みこんで生きているではないか。

その何と虚しく、恐ろしく、孤独なことだろう。

淋しい。

俺の声が囁く。淋しい、淋しい、淋しい。際限なく訴え、果てしない刺激を求めつづけている。

虚無の縁に立ち、ただ途方にくれる。

こんなものを抱えながら生きるくらいなら、いっそ、虚無に取り込まれてしまおうか。

見下ろす足下が、幼児のそれになったり、成人のそれになったり、素足だったり、草鞋を履いていたり、足袋、くつ下、素足、幼児、少年、成人、思春期、俺、俺、俺、幻、虚無。

自分という意識が、バラバラの断片のつぎはぎのように思われ、どんどん曖昧になっていく。

へりから、一歩踏み出す。さらさらと、足下の砂が、虚無へとこぼれ落ちていく。

もう一歩、踏み出す。すでに足の裏半分が、宙に浮いている。

さあ、もうすぐ、楽になれる。

さらに一歩、踏みだそうとした時だった。

誰かが乱暴に、肩をぐいっと引き戻し、その拍子にぱっと瞼が開いた。

ひんやりとした部屋の空気。座禅堂に座したままの自分、正面には――円諦貫首が柔和な表情を浮かべて立っていた。

身体が小刻みに震え、作務衣は汗でびっしょりと濡れている。

「一体、今度は何を見たの」

「――巨大な、穴を」

貫首がゆっくりと頷いたあと、俺の肩を叩いた。

「もう夕方になるよ。夜の勤行の準備を」

軽く目を見開く。からかわれているのかと思ったが、結跏趺坐を解き、座禅堂の外へと出てみると、堂内よりさらに冷えた風が竹林を揺らし、空はあかね色に染まりはじめていた。

＊

寺フェスへ、やってきました。

それはもう、寺フェスとしか言い様のないイベントで、都内にそこそこの広大な敷地を擁する浄土真宗の寺、慈眼寺や参道の商店街までをも巻き込んで、大小様々の催しが週末の二日間にわたって行われることになっている。

「けっこう、人が集まるものなんだな」

禅一さんが、物珍しそうに辺りを見回している。

「ちょっと、そこに固まってたら邪魔じゃないの」

「すみません」

せかせかと歩く老婆に背中を丸めて謝ったのは陽元だ。

普段は修行寺で静かな生活を送っており、たまの外出は近所の住宅街というくらいの俺達にとって、誰かと肩が触れないように注意しながら歩くという状況は久しぶりのことだ。平常心を保っていないと人酔いしそうである。

定芯が、参道の小さなカフェや境内に出ているブースを眺め回しながら涙ぐんだ。

「信じられないな。お葬式以外で、こんなに若い人達が集まってくるなんて。僕は、僕は嬉しいよ」

「うん、不謹慎かもしれないが、生が中心にある仏事っていうのは、いいな」

その他にも、オリジナルの御朱印帳やお守りをつくるワークショップ、テレビでよく見かける脳科学者を招いての死について考えるトークショー、プチ写経体験や瞑想体験、今ここを生きるための仏教入門、仏教画のライブペインティングなど、構えることなく仏教に触れられるイベントが目白押しである。

今日、土曜日の夜が読経バンドの出演日、明日の夜はフェスのフィナーレとして、主催者にしてＤＪ和尚の異名を持つ大波龍之心氏によるテクノ読経が行われ、解散となる。

音響などの確認を含めたリハーサルまでまだ小一時間ほど間があり、各自、それまでの時間を自由に散策して過ごすことになった。

参道まで戻り、カフェに出ている看板を眺めるともなしに眺めつつ歩いてみる。

〝仏像好き集まれ！　ディープトークショー〟と銘打たれた看板には、テレビタレントで仏像好きとしても知られている三浦しゅん氏も出演するらしい。

何にでも、マニアはいるもんだな。

看板が引き金になったのか、瞑想中に見た不気味な阿弥陀如来像のことを思い出してしまった。

先日の巨大な穴を見た後だから解る。あの阿弥陀如来は、幼心に俺が持った死そのもののイメージなのだ。理不尽で、突然で、いともあっけないもの。薄暗がりの奥に常に潜んでいる手に負えない不吉なもの。寺で生まれ育った俺にとっては、いわば生きることに常に寄り添っている不気味な影、日常の暗部を象徴していたのだろう。

恐れ、恐れ、恐れ。

歩きながら、つい瞑想モードに入ってしまい、とん、と誰かの腕にぶつかって我にかえった。相手は、二十歳そこそこと思われる僧侶である。

「すみません」

「いえ、こちらこそすみません。良かったらこれ、どうぞ」

まだ初々しい僧侶は、こちらにチラシを配ろうとする。断ろうかと思ったが、チラシに印字してある文字が目に飛び込んで、奪い取るように手にした。

『楽園シフト　仏道師範・高仙が、あなたの悩みを解きほぐします』

敢えて僧侶や仏教という言葉を使わず、仏道師範という肩書きにしてあるのは、親しみやすさを強調するためだろうか。チラシのほとんどは、僧衣姿の高仙さんのバストアップで占められており、まるでタレントのイベント告知のようだ。

下のほうに、高仙さんがマンツーマンで対話しているというカフェの名前と時間帯が記してあった。

「このカフェ無花果《いちじく》というのは、どこにあるんですか」

知らぬ間に詰問調になってしまい、相手がたじろぐ。改めて、柔らかな口調で尋ね直した。

「すみません、この人、俺の先輩なんです。久しぶりに会ってみたいなって」

「ああ、そういうことでしたか。それじゃ、ご案内します」

僧侶は、ほっとした顔になって参道を歩み始めた。芳寿《ほうじゅ》と名乗ったあとで、好奇心を露わに尋ねてくる。

「師範のお知り合いというと、どういうご関係なんですか」

「ああ、ついこの間までいっしょの寺で修行していて」

「へえ。その頃からやはり、霊験あらたかな方だったんですか」

無邪気に瞳を輝かせる芳寿をまじまじと見返した。俺の懐疑的な表情には気づかないのか、芳寿が熱心に語り続ける。その様子が例の栄子さんとそっくりで、暗澹とした気持ちになった。

「師範には透眼というお力があって、人の前世や宿世の業が見えるんですよね？　今、その方に起きていることの縁起をつまびらかにして、どうやって抱え込んだ業を解消するべきかを導いてくださる。その能力が、心の楽園へと到る道、つまり楽園シフトという名前の元になっているんですけれども」

なめらかな口調で語られる熱のこもった言葉たち。だが、何を言われているのかさっぱり理解できなかった。

「俺にはよくわからないんだが、それは仏教の新しい宗派なのか。それとも——」

新手のビジネスなのかと問おうとして、口を噤んだ。代わりにやんわりと釘を刺す。

「カルマを解消できるとしたら、神仏のように素晴らしい存在とか、特効薬のように効く言葉やアイテムとかじゃなくて、どろくさくあがく自分だけだと思うぞ」

芳寿が、ぽかんとしている。理解できないのか、したくないのか、おそらく後者の方だろう。

もっとも、俺だって似たり寄ったりだった。色々なことから意図的に目を逸らし続けてここまで来た。今更、この若者を非難できる義理でもないのだが、それでも——。

「着きました」

カフェ無花果とペンキで手書きされた可愛らしい看板の下に、黒板製の立看板が別で置いてあり、そこにはポスターサイズの高仙チラシがでかでかと貼ってあった。

「師範にお名前をつないでくるので、しばらくお待ちくださいね」

ステンドグラスの嵌まった木のドアを芳寿が恭しく開け、中へと足を踏み入れていく。そう間を置かずに再び扉が内側から開き、とある婦人が姿を現した。

「いらっしゃい」

に身を包んでいる。

「栄子さん、ですよね」

尋ねながら、盛大に溜息をつきそうになった。彼女は、尼さんみたいに剃髪し、黒い僧衣に身を包んでいる。

「栄子の名前は捨てたわ。今は恵信《けいしん》よ」

「出家したんですか」

「弥勒菩薩様にお仕えするのに、生半可なことでは務まらないでしょう」

栄子さんはカフェの中へと俺を促し、衝立で仕切られた奥の席へと案内した。

席につくなり問い詰める。

「やっぱり、本心ではまだ高仙さんを弥勒菩薩だって思い込んでるんですね。あんなに簡単に翻意するなんておかしいと思ってたんです」

「思い込んでるんじゃない、知っているのよ」

立ったまま俺の椅子のそばに立ち、栄子さん、いや恵信さんは目を不自然なほど光らせている。

「高仙師範は、私が過去生で積み重ねてしまった業を透眼で看破し、解消してくださっているの。あんなに素晴らしい力は絶対に世に広めなくてはならないわ」

相変わらず高仙さんを妄信してしまっている。これでは、こちらが何を言っても聞く耳を持ってはくれないだろう。

「鎌倉のマンション、あれは何なんです」

「いやだ、どこからそんな情報を？」

「偶然見かけただけですよ」

バスから降りてほんの少し尾行はしたが、嘘ではない。

「あれは、楽園シフトの本部よ。私が高仙師範に寄付したの」

「寄付って――大切な財産を渡してしまったんですか。ご家族は何と言ってるんです」

椅子をがたつかせて立ち上がると、恵信さんが諭してきた。

「財産なんて、須弥山《しゅみせん》まで持っていけるわけでもないものに執着はしてないわ。文句を言う家族なんて、いやしないし」

なるほど。おそらく高仙さんは、栄子さんの孤独に巧みにつけ入り、利用しているだけだろう。利用価値がなくなったら、あっさりと切り捨てるに違いない。

「気を付けてください。あの人はあなたが思っているような――」

「やあ、久しぶりだね」

穏やかな、よく響く声が俺の言葉を遮った。声のほうへ視線を向けると、頭髪を伸ばし、きらびやかな袈裟に身を包んだ高仙さんが、つづきの部屋につながるらしいドアの前に立っている。

「師範」恵信さんが恭しく拝礼し、そっと席を離れてしまった。

「ご無沙汰しています」

軽く頭を下げると、高仙さんはやや目を細めたあと「へえ」と呟いた。

「何だか顔つきが引き締まったね。修行の成果かな」

「それって透眼とかいう力で見えたことですか」

皮肉な口調にも高仙さんは動じず、ゆったりと微笑むばかりだ。

「来ると思ってたよ。フェスのパンフレットに三光寺の名前があったからね」

別に正義漢ぶるつもりはない。人を責めるほど大した人物なわけでもないことに自覚もある。だが、この人がやろうとしていることは、明らかに詐欺だ。犯罪だ。もっと言うなら、詐欺ビジネスだ。

俺の表情に滲むものがあったのか、高仙さんが言い含めるような口調になった。

「私のことをどんな風に思ってくれても構わないけどね。これでも、仏教が廃れていくのが忍びなくて、一助になればと思ってやっていることなんだよ。スピリチュアルな要素だって、もともと原始仏教の中にあったことだ」

「そうでしょうか。ブッダは、輪廻転生や神通力について積極的に語っていない。それに、のちのちの記録に脚色がされるのは世の常です」

　高仙さんの高らかな笑い声が店内中に響く。

「大の仏教嫌いだったはずの君にそんな指摘をされるとは思っていなかったよ」

　それは、俺自身も思っていなかったですがね。

「いいかい、衆生が求めているのは、戒律や悟りなんかじゃない。今すぐに楽になれる合法の即効薬だよ。仏教には、もっと現代に寄り添った形の変化が必要だと思っている。修行寺に籠もって世の中が人に何を強いているか知らないまま、仏教を人に説ける？」

　確かに、正論かもしれない。だけど——。

「あなたがやってることは、立派な詐欺だ。あなたに見えてるのは縁起なんかじゃない。単なる人の弱さだろ。現代に寄り添った変化？　違う、人の弱みにつけ込みやすいように仏教を改悪しただけだ」

「聞こえは悪いが、そうかもしれないね。ただし、息の長い宗教は、歴史の中で、いつだってそうやって生き延びてきたんだ。仏教にしても、様々な宗派がこれだけ乱立するのは、利権を守り抜くための試行錯誤の足跡じゃないかな」

「——そういう側面は、確かにあるかもしれません」

　俺だって、寺の息子だ。裏側の清浄とは言いきれない事情だって、見聞することはある。

歯がゆいまま黙っていると、高仙さんが冷ややかに断じた。

「修行は、修行僧しか救わない。だが、楽園シフトは、来る者皆を救う」

やはり、何を言っても届かない。

高仙さんの瞳が、ぎらぎらと飢え輝いている。もっと刺激を、刺激がほしい、刺激をくれ。人が欲望に苦しむ様が、一番のご馳走なのだ。そしてこの人もまた、一生満たされることのない巨大な虚ろなのだろう。

「――禅一みたいな目で俺を見るようになったんだね。あんなに可愛がってあげたのに、残念だよ」

端整な顔が一瞬ひび割れ、幾重にもコーティングされたナイーブさが剝き出しになる。

「即効薬を求めてるのは、誰よりも高仙さんなんですね」

僅かな沈黙のあと、高仙さんの手がひゅっと伸びる。殴られるのかと肩をすくめたが、頬を白い手がひと撫でしただけだった。

「私に効く即効薬はないよ」

高仙さんが奥へとつづくドアへと去って行こうとした。

「栄子さんは、あなたを信じ切ってます」

高仙さんがゆっくりと振り返る。

「君は、あの年頃の婦人に弱いね。禅一と嗜好が同じなの？　いや、違うな。君のお母様が生きていたら同じくらいの年頃なのかな」

何かを読み取るように目を細める姿は、縋りたい人々の目には確かに救世主らしく映ってしまうのかもしれない。

「今のは透眼なんかじゃない。俺の事情は、世話係だった禅一さんとあなたに詳しく知らされたはずだ」

高仙さんが、おどけたように片眉をあげ、再び身を翻した。

「ライブ、来てください。禅一さんも来てます」

とっさに声を掛けたが、高仙さんは何も答えないまま、今度こそドアの向こうへと姿を消した。

届かない――。

触れられただけの頬が、酷くひりついた。

マイクがハウり、思わず顔を顰める。

緊張しているのか、陽元が何度もマイクの位置を調整しているのだ。

「陽元、平常心だ」

そう声を掛ける定芯も、ドラムセットを落ち着きなく叩いたり押さえたりしている。

境内に設けられた簡易の野外ステージ。その上に袈裟に身を包んだ坊主が五人。俺だって自分の意訳を皆に聞かれるのはほぼ公開処刑に近い心境だったし、源光は妙なテンションの上がり方をして、やたらとベースを撫で回している。

唯一、平常心を保っているのはタンバリンを右手に立つ禅一さんだけだった。

「さすがですね」

後ろから声を掛けたが、反応がない。

「禅一さん？」

何となく心配になり右肩をぽんと押してみると、タンバリンがしゃんと音をたてて床に落ちた。

訂正。平常心を保っている人間は、一人もいないみたいだ。

先ほどまで夕暮れに染まっていた空に、早くも夜が覆い被さろうとしている。誰の心の奥にもある暗闇。あの虚空。それが、俺達だ。俺達の本質だ。俺達はここにいるが、同時にいない。俺であり、同時に俺ではない。

ゆるく連合した有機物の総合体が、個々の働きを超えて機能しているだけ。

親父が俺に告げた、母さんは空だという意味が今ならわかる。母親を亡くしたばかりの子供に掛けるべき言葉ではないが、おそらくあれは、親父が自分に言い聞かせていたのだろう。すべては変遷する。諸行無常ってやつだ。

でもそのおかげで、俺も移ろい、親父の声を今ようやく受け止められる自分になった。

俺という存在は、今ここに現象として在る幻のようなもの。一瞬前も一瞬後も、すでに別物。言葉で何度も聞いてはいたが、それがこんな輝くように尊いことだとは知らなかった。

境内の澄んだ空気の中で、色づいた紅葉や銀杏《いちょう》が、気持ち良さそうに枝を伸ばしている。やがてこの葉も散り、春になれば再び芽吹き、葉を茂らせ、いつしか移りゆく時の中で幹もろとも朽ちていく。

そこは、ただ空だ。俺達も同じである。

まだまだ体解したとは言いがたいが、瞑想をつづけた先に、より確かな手応えとともに、その真実に触れられるという奇妙な予感があった。

ライブの開始を間近に控えて、お客達が集まり始めた。老若男女、大人も子供も交じり合って、手をこすり合わせながら待っている。

「そろそろいいですか？」

運営スタッフに声を掛けられて、全員で黙って頷いてみせる。

「よっしゃ、いきますか」

暮れなずむ空の下、坊主に上手にスポットライトが当たる。

出店の玉こんにゃく煮を囓《かじ》っている人、ワンカップを片手に覗きにきた近所の爺さん、ペンライトを振り回してはしゃぐ子供たち。

みんなにそっと、目だけで伝える。

「あんたも、あんたも、あんたも、あんたも——みんな空。続経バンド、聞いてください！」

陽元が、ハスキーな声で静かに宣言すると、観客がどっと沸いてくれた。

信じていなかったが、バンド演奏は初日のメインイベントで、何故かロックフェスなみに盛り上がるというのは本当だったらしい。

そうか、みんな盛り上がりたいのか。空だから。今ここにしかいないから。今ここを、熱狂で刻みつけられる場所を必死に探して、この場所に辿り着いたのかもしれない。

ノリのいい観客に背中を押されて、定芯のドラムとメランコリックなギターのメロディが順調に滑り出す。

『お釈迦様の言うことには！』

陽元が、でかい体をやや丸め、空や銀杏の木、観客をいちいち指さしながらアンニュイに歌い出す。

仏教が　俺たちを救ってくれるわけじゃない
仏教は　すぐに効く万能薬じゃない
全てこの寄る辺ない　自分からはじまってく
いるようでいない　いないようでいる
俺たちは一度きり　今ここにしかいない
過去や未来にこだわらないで　こわがらないで
手放せば　今ここ　この愛しい世界
簡単じゃないよ　でもできたら最高の気分さ
今ここをちゃんと見る　今ここにちゃんと居る
ただそれだけができなくて
もう二千年もバトンをつないでる
見渡せば　今ここ　この愛しい世界
今ここで　幸せになれよ　幸せに気付けよ
ただそれだけができなくて
もう二千年もバトンをつないでる

最初の歓声から一転、辺りは静まりかえっている。だが、嫌な静けさじゃなかった。陽元の声が聴かせる。笑って聴き始めたはずなのに、胸にじんと染みこんでくる。

だが、歌い終わっても、会場は沈黙したままだ。

あれ、もしかして滑った？

一瞬、不安になりかけた時、わっと喝采が弾ける。

よっしゃ！

胸にうたかたの喜びが湧き上がる。

来てくれただろうか、高仙さんは。

いや、おそらく今ここを共有したとしても、今の高仙さんに届くことはないだろう。それでも、このバンドには意味がある。

親父の言い放った言葉が、今になって俺に届いたように、すべては変化していくのだから。

今じゃなくていい。いつか、あの人にも届けばいい。

「メンバー紹介！」

短い練習時間じゃ、たった一曲だけが限界だった。

あとには他に二つもバンドが控えているから、実際は前座みたいなものだ。

でも、楽しいな。こういうの。たまには、いいよな。

「ドラム、定芯！」

陽元のシャウトに合わせて、定芯のドラムが走り、滅茶苦茶なペースで繰り出される音の嵐に観客がうおおおっと声を上げる。

「ベース、源光！」

源光のベースが格好良く唸り、「ギター、皆道！」俺のギターも、まあそれなりに、アレした。

「タンバリン、禅一！」

禅一さんは、想定内すぎる棒立ちに、木魚リズムのタンバリンで応え、ちゃっかり笑いを誘ってみせた。

そんなユーモアをこの人が持っていたのも意外だったが、もっと腰を抜かしたのは、この人に対する観客のリアクションである。

「きゃあああああああああ」

黄色い声が、あちこちで上がったのだ。

なんか、ムカつく。

陽元も俺に向かって目をひん剝いてみせたあと、力一杯叫んだ。

「生きろおおおお」

ギターを鋭くかき鳴らす。歓声がこだまする。

熱に身を委ねながら、三光寺の座禅堂のすり切れた畳を想う。

俺よりずっと熱心で賢くて仏教に明るかったであろう僧侶達が、朝も晩もあの場所に結跏趺坐し、座禅を組んでもなお、ブッダのように悟ることはできなかった。

そのもの悲しさ、虚しさはそのまま、生きていくことの空虚さにつながっていく。だが、過去を断ち切り、未来を思わず、本当に今ここを生きつづけることができたら。

スポットライトに汗を光らせた俺達、ジャンプを繰り返した観客達、湯気が昇るような興奮の渦の中、もはや歌が届いたかどうかも不明だったが、俺はそんな瞬間たちを愛おしいと思った。

終わらなければいいのに、と心が惑うくらいに。

喜び、喜び、喜び。

歓喜をも潔く空に向かって手放すと、薄く光る秋の夜空に、小さな星々がまたたいて見えた。

もう二千年以上もバトンをつないでいる俺達。空を抱えて生きる俺達。でも空だから、満たされない俺達だから、この世界の美しさがわかるんじゃないだろうか。言い方を変えれば、この世界で生き抜くために、何としても世界を美しく見ようとするんじゃないだろうか。

なあ、音楽も文学も愛も夢も、空から生まれるんじゃないのか。

ギュイイインといっぱしの奏者風にギターを唸らせ、皆で揃ってジャンプして演奏を終える。

アンコールの歓声を浴びながら、俺は頭の片隅でそんなことを考えていた。


ライブが跳ねたあと、会場で想定外の二人組と出くわした。

親父と婆である。

「婆はもう、感動して、感動して」

境内で手を合わせて深々と拝んでくる様子を、観客達が好奇の目を向けては立ち去っていく。

「もういいからさ、止めてくれよ」

婆の両手を無理に引き剝がして顔を上げさせた拍子に、親父と目が合ってしまった。

緊張、緊張、緊張。

条件反射的に湧き上がってきた感情を定義したあとで、緊張しているというほどでもないなと気がつく。

「来てたんだ。もしかして何かのイベントに参加してたわけ」

「いいや、おまえがこのイベントに出ると円諦貫首から連絡をもらったんだ」

「わざわざバンドを見に来たのか」

応とも否とも言わず、親父は難しい顔をしたまま立っている。ちゃらつきおってと誹《そし》る声が頭の中で響いた。

「あ、あのさ、あの歌詞、俺がスッタニパータを訳したんだよ。なかなかだっただろう。ははは」

「ええ、そりゃもう素晴らしくて。婆は心配で心配で仕方なかったですが、立派にギターを弾いている坊ちゃんの姿を見てもう涙が止まらなくて」

「ああ、そう。そりゃどうも」

婆が思い出し泣きをする間も親父は黙ったままでいたが、やがてぼそっと呟いた。

「悪くはなかったな。大分意訳されてはいたが――まあ、春、帰って来るなら来ればいい」

「へ!?　本当ですか」

尋ねたのは俺ではなく婆のほうだ。

「良かったですね、坊ちゃん。ほんとに良かったですね。もう婆は毎日、毎日、どれほど心配したか」

「判断は、おまえに任せる」

「お、おう」

平常心はどこかへ吹き飛び、やや上ずった声で答える。

親父と俺は、それからさほど盛り上がらない会話を少しつづけた。修行は厳しいかとか、先輩僧侶達や同期の新到達と和してやっているかとか、まあ、そういう親子の会話的なやつだ。

「それじゃあ、しっかり励むように」

「ああ——気を付けて帰れよ」

うっかり感傷的な言葉を口走ってしまったが、親父のほうはうんともすんとも言わずにあっさりと去って行った。婆のほうは、何度も立ち止まってはこちらを振り返り、ようやく背中が見えなくなった。

空を仰いで寒風に身を晒す。演奏の緊張が解けた心身には、きんと冷えるくらいの風が心地よかった。

そういえば、修行の受付は一年単位だったな。高仙さんみたいに途中で強引に出ていく僧侶もいるが、三光寺では、基本的に春が旅立ちや入門の季節である。

年が明けた一月に来年も寺に残るかどうかの意思確認が行われ、出ていく人数いかんで、来年の新到の受付人数も調整する。

思いがけず親父の許しが下りた。これで、おおっぴらに出ていける。路頭に迷う心配もないのだ。

願ってもない話だというのに、俺の心は素直に喜べないでいる。なぜだと自問した直後に、今考えるのは止めておこうと思考を手放した。

今夜は、今ここだけに居よう。今ここだけを見つめていよう。

立ったまま呼吸を静めると、今夜、この場所だけの熱気を孕んだ空気が、肺を満たしては押し出されていく。

祭りは終わった。

一際大きく息を吐き出すと同時に、澄んだ直感に包まれた。

あの巨大な穴と再び相見《あいまみ》えるなら、多分今夜がいい。


三光寺へと戻り、五人のバンドメンバーで円諦貫首に報告に赴いた。

座した俺達が口を開く前に、貫首が微笑む。

「成功だったようだね」

「貴重な機会をくださり、ありがとうございました」

禅一さんが拝礼し、俺たち四人もつづく。

「うん。たまにはお寺の外で、他の僧侶たちや在家の皆さんに触れてみるのもいい勉強になるでしょう」

「在家の方達だけじゃなく、親父や――高仙さんにも会いました」

貫首より先に、陽元が反応した。

「あ、俺、似た人が観客席にいるなあと思ってた。なんだ、本人だったのか」

そうか。あの人も、来ていたのか。

高仙さんには高仙さんの正義があるだろう。それでも、俺は俺の仏道をこれからも行くだけだ。

そこまで考えて、はっとする。

なんだ、これからもって。そもそもいつまで行くつもりなんだ。俺はいつそんな決心をしたんだ？

「皆道、どうかしたの。にやにやして」

貫首が不気味そうな顔で尋ねてくる。

「え、俺、にやついてました!?」

「かなり見苦しくな」

にべもなく告げたのはもちろん禅一さんだ。

それから労いのほうじ茶をいただいた後、皆は部屋を辞した。俺だけは一人残って、貫首と向き合い、改めて拝礼する。

「これから、荒行堂を使わせていただけませんか」

貫首が静かに問い返してくる。

「準備はできてるの」

「はい」

「なら、自由にすればいい。ま、ゆっくりしてきてよ」

「ありがとうございます」

再び深く拝礼して部屋を出ると、どこへも寄らず、まっすぐに荒行堂へと向かった。敷地の最奥まで歩を進めると、荒行堂は今日も口を噤んだまましんと佇んでいる。

木の引き戸を開け、あえて照明をつけずに中へ入った。ちょうど月が上り始めたおかげで、廊下は微かに明るい。だが、お堂へとつづく木戸を引き一旦閉じてしまうと、小さな窓から微かに明かりがこぼれるのみで、視界はほぼ闇に閉ざされた。

恐れ、恐れ、恐れ。

ゆっくりと結跏趺坐し、呼吸を整える。

ただひたすら息の出入りを感じ、徐々に集中の範囲を狭めていった。鼻先から肺の深部まで見つめていた意識を喉元までに、次に鼻の先から終わりまで、そして鼻先のみへ、ついには鼻先のある一点にまで集約させていく。

意識が深度を増していき、やがて超集中状態が訪れたのだと思う。

これが禅定、なのか？

強い喜びをともなう安らぎが身を満たし、体内で起きている様々な現象があたかも事故に遭う人間の目を通して見るように、ゆっくりと経過し、過ぎ去っていく。瞼がぴくりと震えた一瞬のはずの現象が、何秒にも引き延ばされて感じられる。脳から発せられる様々な指令が、電気の流れのように駆け巡っていくのがわかる。

すごい。これが、俺の身体に起きていることなのか。

夢中になって、身体のあちこちで起きる現象に意識を研ぎ澄ましているうちに、再びそれはやってきた。

馬が駆ける映像とともに、もっと、もっと、忘れたい、この苦しさを、心細さを忘れてしまいたいという、悲鳴のような小さな叫びが湧き上がってきたのだ。

大変だったろう、その恐れの正体を知らぬままに時と向き合うのは。

自らに声を掛け、感情を認識してやる。

恐れ、恐れ、恐れ。

そう俺は心底恐れていたんだ。自分は空だから。何者でもなかったから。

恐れを見つめ続けていると、ふっとサラブレッドが消えていった。同時に背中の上の辺りからびりびりと電気のような刺激が流れ出し、すでに日常の一部となっていた凝りが消えていった。

次に、巨大な阿弥陀如来像が瞼の裏に聳え立った。

そう。あれほど忌まわしかったのは、阿弥陀如来が俺にとっては救済ではなく母の死のイメージと濃密に結びついていたからだ。

怒り、怒り、怒り。

誰かに、理不尽に母を奪われたという怒りをぶつけずにはいられなかった。それが母さんを救うどころか何一つしてくれなかった仏像だった。

大変だったろう、報われない怒りを抱えながらここまで来るのは。

泣きながら親父に縋りつく俺自身が立ち現れ、親父から離れてこちらに抱きついてきた。すすり泣きが止むまでそっと抱き返して背中を叩いてやると、やはりふっと消えていった。

今度は首の付け根からびりびりとした刺激が消え去っていく。

同時に、阿弥陀如来の首が母さんの死に顔にすげかわった。

悲しみ、と定義づけようとして、否と思い直す。これは悲しみではない、怒りだ。俺は、母さんにも怒っていたのだ。しかもそれは、俺の悲しみを受け止めようとしない親父に対するよりも、よほど根深い怒りだった。

突然、僕を置いて行った。目の前から消えてしまった。もっともっと無条件に愛情を注いでほしかったのに。ずっと傍で見守っていてほしかったのに。

強い怒り、強い怒り、強い怒り。

肯定も否定もせず、ただあるがままに感情を受け止める。

おまえも、俺の一部だ。

声を掛けると、阿弥陀如来となった母さんは、一瞬、強い閃光を放って消え去った。

こめかみに、うっと声を上げるほどの強い刺激が迸《ほとばし》り、ゆっくりと時間をかけて霧散していく。

心が、かつてないほど澄み渡っていくのが感じられた。

親父への、仏教や寺への怒り、生きることのままならなさへの不満、悲しみ。

それら一つ一つに声を掛け、自分の位置を中立にしていく。その度に、感情は解き放たれ、業とでもいうべきものが消滅していくのがわかった。

幼い頃からの記憶が時にねじ曲がっていたり、まったく癒やされないまま放置されて、こんなにも堆積していたことに驚かされる。

どれほどの時が経ったのかはわからない。

果てしなく湧き上がってくる業を一つ一つ受け止めるうちに、やがて、音のない世界が訪れた。

幻の風がごおと耳元を吹き抜けていく。

この前見たのとまったく同じ穴が、荒野にぽっかりと空いていた。

〝よお、会えたな〟

声を掛けると、その声が穴の中にひゅうと吸い込まれていった。

以前と同じように、一歩、また一歩と穴に近づいていく。

縁に立ち、そっと覗き見た。

見事なほどに何もない、全くの虚空だ。

もう一歩、空へと足を浮かせる。

恐れが、内臓をなで上げ、頭頂まで這い上がってきた。

恐れ、恐れ、恐れ。

〝おまえは、俺だ。俺そのものだ〟

あとは何も考えず、さらに一歩、奈落の底へと向かって踏み出した。

ものすごい速度で落ちていく。ごうごうと轟《とどろ》く風が全身を掠め、果てしなく落ち続けるしかないのかと絶望しかけたところで、危うく意識を引き戻した。

違う、ここは俺だ、空だ。何もないのだ。

ふっと落下が止まり、辺りに目をこらす。

やがて、ある光景が浮かび上がってきた。

暗闇の中で夥《おびただ》しい数の光が明滅し、互いにアメーバのように細くつながりながら、無限の変遷を繰り返している。俺は、その空間にぽつんと浮いていた。

これは、意識を一点に集中することで貫き見えてきた俺の細胞、いや、分子レベルの世界だろうか。それとも、宇宙そのものだろうか。

光は明滅し、分裂し、爆《は》ぜ、膨張し、あるいは収縮し、びっしりと蠢《うごめ》きつづけている。それは全くの生の営みであり、神聖でもあり、どこか艶めかしくもあり、畏《おそ》ろしくもあった。

すべての印象を手放し、ただひたすらに観察する。

俺はきっと今、俺の最奥にずっと在った、全き部分に触れることを許されている。意識の届かぬ遥かに深い部分で身体を司っているもの。俺の意思とは無関係に数十兆もの細胞を絶え間なく再生し、鼓動を刻み、呼吸させているもの。

魂？　それともまったく別のもの？　判らない。だが、今はまだほんの僅か触れただけのこの世界の先に、俺という個を超えた全体——かつて俺が属していた場所があるのだと思い出す。

そう、奇妙なことだが、俺は確かにこの先の世界を知っているのだ。

とめどもない喜悦に全身を浸し、そして手放すことを繰り返した。

やがて、自分が胎児のように丸まっていくのが感じられた。

今ここ、だけを見つめる。

ど…く…ん、ど…く…ん、と心臓が打つ音、巧緻に張り巡らされた血管には轟くような血液の流れ、有機体の緩い連合体に意識を載せている自分。

やがて、ああここだという重心を見つけたような感覚があり、すべての光景がゆっくりと、あるいは矢のような速度で消え失せ、再び呼吸だけが感じられた。

徐々に意識を緩め、そっと瞼を開ける。

感覚が集中から解き放たれて全身へと広がり、まっさきに小窓から射し込む朝の光に気がついた。同時に小鳥の鳴き声が耳をくすぐってくる。

緩やかに、流れるように結跏趺坐を解き、お堂の畳に仰向けに倒れ込んだ。

澱《おり》のように沈んでいた業を解消した体は驚くほど軽く、頭はすっきりとクリアだ。

かつてないほどしっくりと、心と体が連係している。

泣き出したいような、叫びたいような衝動がこみ上げてくる。

もしかして、生まれたてというのは、こういう感覚に近いのかもしれない。だから、赤ん坊はあんなにも激しく泣くのではないか。

そうか、俺は生まれ直したのか。

しばらく放心したあとで立ち上がり、荒行堂を出て、朝日の中に身を晒した。

すべては移ろう、空である。

冬を迎える直前の朝の空気は鋭く冷えて、清明だ。

昨日の野焼きの香りが微かに漂い、錦に彩られた山々を淡い桃色の朝焼けが照らしている。

見渡す世界は、ただひたすらに輝いており、有り難かった。

エピローグ

禅一さんが、網代笠を被ったままの旅姿で拝礼した。

吐く息が、白く淡い影をつくっては、消え去っていく。

大掃除作務を終え、新しい年を迎える直前、この人は旅に出るのだ。

行き先は決まっていないという。ただ少しの荷物を持ち、野外で生活し、座禅を組みながら旅をつづけるのだそうだ。

「海外へも渡るつもりだ。インドへ行ってみたいと前々から思っていたしな」

そう語ってくれた目には迷いも気負いもなく、ただ自然の流れに沿ってこの人の仏道を歩んでいるのだという潔さがあった。

山門には、高仙さんを見送った時のように、三光寺の修行僧がずらりと並び、この奇特な出家者を見つめている。

「それでは、これまで大変お世話になりました」

拝礼する禅一さんを見ていると、柄にもなく胸がいっぱいになってきた。

「うん、まあ、またいつでも戻ってくればいいしね。何なら、次の人生ででも」

はっはっはと笑う円諦貫首の冗談に戸惑いを浮かべている禅一さんと、偶然目が合った。

何かこの場に、俺と禅一さんにふさわしい言葉を餞《はなむけ》に贈りたいのに、一言も出てこない。

代わりに、恥ずかしくも泣けてきて、吸い上げる空気まで水っぽく感じられた。

つんと鼻にこみ上げた刺激で、ようやく解る。

そうか、言わなくちゃいけなかったのは、これじゃないか。

「師匠、ありがとうございました」

こみ上げるままに告げて、拝礼する。

感謝、感謝、感謝。

顔を上げた時には、すでに禅一さんは階段を降り始めていた。

滲んでぼやけていくその背中を見失わないように目で追いながら、心のうちで話し掛ける。

俺は、来年もここに残ります。親父もいいって言ってくれたし、もしかして、家の寺には戻らないかもしれない。いつかあなたみたいに、この階段を降りて野外を住処《すみか》とする日がくるかもしれないって予感がしています。

源光は、実家の寺に帰るそうです。なんでも実家の寺が手がけているビジネスが軌道に乗って忙しいとかで、僧侶生活からは足を洗ってファミリービジネスに邁進《まいしん》するそうです。

陽元は相変わらず、来年も修行して円諦貫首に近づくんだって張り切っています。

定芯は、この間の寺フェスに触発されて、もっと外に向かって仏教を広めて人助けをしていきたいとかで、円諦貫首の口利きで、春が来たら大波龍之心さんの下に弟子入りするそうです。そのうち、寺じゃなくて、生きている人間のための仏教寺子屋をつくるって張り切ってますよ。

ねえ、あなたは知っていたんですか？　大波龍之心さんが、ここ三光寺の出身だったたって。この寺は、問題児ばかり集まってくる寺だって聞いてましたけど、本当にそうなんですかね？　問題児というのは誰にとってのだって視点で考えると、何だか俺、急に見えてきたことがあるんです。

俺とか、定芯とか、陽元とか、確かに寺側から見たら異分子だし、余計なことばかり考える奴らじゃないですか。いわば、現代仏教における反体制派と言ってもいい。

ねえ、禅一さん。この寺ってもしかして、いや、円諦貫首はもしかして、反体制派の元締めみたいな存在なんじゃないですか。表面上は禅寺みたいな修行寺を装っておいて、ちゃっかり改革の種を寺の外に蒔《ま》いているんじゃないですか。

あなたも、その種の一人なんじゃないですか。

強く、念じるように尋ねてみたが、もちろん禅一さんは振り返らない。

代わりに、ほとんど一番下の段まで降りた時、静かに歩みを止めて頭上を見たのがわかった。

ふわり、ふわりと、闇に光る花のような雪が舞い降りてくる。

どうりで、冷えるわけだ。

「煩悩浄めの雪だねえ」

円諦貫首がしみじみと呟いた直後、除夜の鐘が一斉に響き始めた。

この作品は書き下ろしです。原稿枚数402枚（400字詰め）。

幻冬舎文庫

●好評既刊
不機嫌なコルドニエ
靴職人のオーダーメイド謎解き日誌
成田名璃子

横浜・元町の古びた靴修理店「コルドニエ・アマノ」の店主・天野健吾のもとには、奇妙な依頼ばかりが舞い込んでくる。天野は「靴の声」を聞きながら顧客が抱えた悩みも解きほぐしていく。

●最新刊
40歳を過ぎたら生きるのがラクになった
アルテイシアの熟女入門
アルテイシア

若さを失うのは確かに寂しい。でもそれ以上に生きやすくなるのがJJ（＝熟女）というお年頃。WEB連載時から話題騒然！　ゆるくて楽しいJJライフを綴った爆笑エンパワメントエッセイ集。

●最新刊
ヘタレな僕はNOと言えない
公僕と暴君
筏田かつら

県庁観光課の浩己は、凄腕の女家具職人・彬に仕事を依頼する。しかし彬は納品と引き換えにあらゆる身の回りの世話を要求。振り回される浩己だが、だんだん彬のことが気になってきて――!?

●最新刊
〝がん〟のち、晴れ
「キャンサーギフト」という生き方
伊勢みずほ　五十嵐紀子

アナウンサーと大学教員、同じ36歳で乳がんに罹患した2人。そんな彼女たちが綴る、検診、告知、治療の選択、闘病、保険、お金、そして本当の幸せについて。生きる勇気が湧いてくるエッセイ。

●最新刊
洋食 小川
小川　糸

寒い日には体と心まで温まるじゃがいもと鱈のグラタン、春になったら芹やクレソンのしゃぶしゃぶを。大切な人、そして自分のために、今日も洋食小川は大忙し。台所での日々を綴ったエッセイ。

幻冬舎文庫

●最新刊
男子観察録
ヤマザキマリ

男の中の男ってどんな男？　責任感、包容力、甲斐性なんて太古から男の役割じゃございません！　ハドリアヌス帝、プリニウス、ゲバラにノッポさん。古今東西の男を見れば「男らしさ」が見えてくる？

●最新刊
鳥居の向こうは、知らない世界でした。3
～後宮の妖精と真夏の恋の夢～
友麻　碧

異界「千国」で暮らす千歳は、第三王子・透李に嫁ぐ王女の世話係に任命される。しかし、透李に恋する千歳の心は複雑だ。ある日、巷で流行している危険な〝惚れ薬〟を調べることになり……。

●最新刊
下北沢について
吉本ばなな

自由に夢を見られる雰囲気が残った街、下北沢に惹かれ家族で越してきた。本屋と小冊子を作り、玩具屋で息子のフィギュアを真剣に選び、カレー屋で元気を補充。寂しい心に効く19の癒しの随筆。

●最新刊
やめてみた。
本当に必要なものが見えてくる、暮らし方・考え方
わたなべぽん

炊飯器、ゴミ箱、そうじ機から、ばっちりメイク、もやもやする人間関係まで。「やめてみる」生活を始めた後に訪れた変化とは？　心の中まですっきりしていく実験的エッセイ漫画。

●好評既刊
絶対正義
秋吉理香子

由美子たち四人には強烈な同級生がいた。正義だけで動く女・範子だ。彼女の正義感は異常で、人生を壊されそうになった四人は範子を殺した。五年後、死んだはずの彼女から一通の招待状が届く！

坊《ぼう》さんのくるぶし

鎌倉《かまくら》三光寺《さんこうじ》の諸行無常《しょぎょうむじょう》な日常《にちじょう》

成田名璃子《なりたなりこ》

平成31年2月10日　初版発行

発行人――石原正康
編集人――袖山満一子
発行所――株式会社幻冬舎
〒151-0051東京都渋谷区千駄ヶ谷4-9-7
電話　03(5411)6222(営業)
　　　03(5411)6211(編集)
　　　振替00120-8-767643
印刷・製本―中央精版印刷株式会社
装丁者――高橋雅之

幻冬舎文庫

ISBN978-4-344-42835-5　C0193　　な-38-2

幻冬舎ホームページアドレス　http://www.gentosha.co.jp/
この本に関するご意見・ご感想をメールでお寄せいただく場合は、
comment@gentosha.co.jpまで。